신은 내게 사랑과 봉사라는 벌을 주었다

신은 내게
사랑과
봉사라는 벌을
주었다

신용식 지음

북산

들어가는 글

뒤돌아보니 폭풍 같은 세월을 살았다. 누구나 자신의 인생은 소설책 한 권은 될 거라고 얘기하지만 막상 털어놓으려니 한 권은커녕 한 줄의 인생도 제대로 살지 못했다는 생각이 들어 잠시 회의에 빠졌다. 이 나이쯤 되면 인생을 추억하는 일이 참 행복할 줄 알았다. 과거를 기억하고 회상하는 일이야말로 잔잔한 호수를 내려다보는 일처럼 평화롭기 때문이다.

그러나 막상 유년의 기억들부터 꺼내놓자니 부끄러운 일투성이였다. 젊기 때문에 서툴 수 있고 혈기가 왕성하기 때문에 그럴 수도 있다는 자기 합리화는 솔직히 쪽팔리는 변명에 불과했다. 고통스럽고 부끄럽지만 그래도 한 번쯤은 나 자신을 온전히 돌아봐야 할 것 같아서 용기를 냈다. 잘 살았건 못 살았건 그 역시 내 인생이라 마무리 이야기도 내가 끝내야 할 것 같아서 광기로 가득 찼던 기억부터 꾸역꾸역 토해내기 시작했다.

어릴 때부터 왈패로 살아오긴 했지만 비겁하게는 살지 말자는 나름의 인생철학을 가지고 청소년 자활회와 지역사회를 위한 단체를 만들어 활동했지만 좋은 결과는 얻지 못했다.

그러한 아쉬움이 컸기에 장애인운동에 뛰어든 것이고, 장애인 펜싱 실업팀을 만들어 장애인들의 건강한 복지에 앞장서기 시작했다. 장애인들 스스로 살아갈 수 있는 일거리를 찾아내고 국가가 마땅히 책임져야 하는 것들은 무엇인지 장애인 정책연구소를 만들어 꾸준히 연구하고 있다.

내 인생에 그토록 많은 일들과 그토록 많은 사람들이 함께했었다는 데 놀라지 않을 수 없었다. 결국 세상은 혼자 살 수 없다는, 또 그들과 함께 화합하고 화해하지 않으면 결코 아름다운 마무리를 할 수 없다는 결론을 얻었다. 장애인운동은 어두운 내 과거를 덮기 위함이 아니라 '신이 내린 사랑과 봉사'라는 행복한 벌을 수행하기 위함이다.

처음에는 어줍지 않은 능력으로 장애인운동에 뛰어들었지만 지금은 내 삶의 보람이고 기쁨이 되었다. 신이 내게 숙명 같은 장애를 주더니 필연 같은 벌로 장애인을 위해서 살라고 하셨다.

이보다 더 행복한 벌은 없을 것이다.

이 책을 통해서 많은 사람들에게 고맙고 미안하고 사랑한다는 마음을 전하고 싶은데, 모두 담지 못했음을 기억의 한계와 지면의 한계라고 핑계 삼는다. 그래도 이 책의 출간을 위해 애써준 많은 분들께 감사를 전하며, 두서없이 쏟아낸 말들을 잘 정리해서 책으로 엮어준 도서출판 북산에도 감사의 마음을 전해야 할 것 같다.

또한 10여 년 넘도록 이름 없는 후원자로 장애인들의 장학사업에 큰 힘이 되어주고 있는 동쪽 마을의 모 기업 사주님께도 감사드린다. 그분들이 있기에 지금까지 장애인복지를 잘 이끌어 올 수 있었음을 밝힌다.

부끄러운 이야기를 뭐하러 세상에 내놓는 것이냐고 사랑스러운 잔소리를 해준 아내와 늘 미안하고 사랑하는 내 형제들 그리고, 부족한 아버지를 믿어주고 의지해 주는 자식들에게도 이 책을 통해 사랑과 고마움을 전한다. 끝으로 혈육 이상의 의리로 언제나 지켜봐주고 마음 써주는 형님들과 동생들에게도 폭풍 같았던 내 삶의 바다에서 함께 싸워주고 의지가 되어주어 고맙다는 말을 전한다.

내 이야기가 과거 건달과 깡패였다는 사실 때문에 현재 열심히 살아가는 데 어려움을 겪는 이들에게 격려가 되고 희망이 되길 바란다. 살아보니 자신의 영달을 위해 사는 것보다 누군가를 위해서 사랑하고 봉사하는 일도 꽤 근사하고 행복한 삶이다. 분노와 악다구니로 세상과 맞서기보다 사랑과 평화라는 무기로 싸우는 것이 세상을 이기는 최선의 방법이라는 것을 왕년의 주먹으로써 한마디 조언한다. 신이 내린 벌 중에서 가장 무서운 벌은 사랑이기 때문이다.

2018년 가을
신용식

축하의 글

지난해 12월 어느 날 오후, 오랜만에 신용식 회장의 전화를 받았다. 그동안 자서전을 썼는데, 책에 실을 축사를 한 편 부탁한다는 것이었다.

그리고 이튿날 출판사로부터 메일로 원고 원본을 받았고 다음 날이 마침 토요일이어서 오전 중에 원고를 한번에 다 읽었다.

원고는 읽기에 수월했고 재미도 있었다. 현재 60대 후반인 신 회장이 자신의 파란만장한 인생을 되돌아본 그의 글은 별로 꾸밈이 없었다.

청년시절 오토바이 사고로 한쪽 다리 아래쪽을 잃었으나 기죽지 않고 주먹계의 보스로 살아온 이야기, 정치적으로 이용당한 일 등도 기록했고, 지나온 삶에 대한 후회와 반성이 글 속 곳곳에 담겼다. "아버지께 평생 올바르게 사는 모습을 보여주지 못했다"며 일찍 돌아가신 아버지에 대한 회한을 털어놓은 대목에는 많은 이들이 공감하는바 적지 않을 것이다. 그는 10여 년 전부터 열성을 다해오고 있는 장애인운동에 대한 헌신의 다짐으로 원고를 마무리하고 있다.

내가 신 회장을 알게 된 것도 벌써 20년이 더 되었다. 나는 당시 CBS청주본부장이었다. 1998년경이었는데, 나의 친구 민경욱 사장과 함께한 자리에서였다. 그는 누구에게나 호감을 줄 만한 호남형의 잘생긴 사나이다. 한쪽 다리가 의족이라는 것을 처음에는 몰랐다.

나는 신 회장과 몇 차례 만나면서 교회에 나갈 것을 권했고, 마침내 내가 지금도 서울에서 다니는 청주 가경교회의 교인이 되었다. 그 후 그는 충북 장애인 협회장이 되어 충북의 장애인 운동을 조금씩 활성화시키기 시작했는데, 공교롭게도 그 이전에 발생한 어떤 사건과 연루되어 어느 날 구속이 되었다.

그가 당시 갑자기 구속이 되지 않았더라면 교회 생활을 열심히 했을 텐데 하는 아쉬운 마음이 있다.

신 회장은 형기를 마친 후 서울에서 한국신체장애인복지회 회장을 오랫동안 했다. '타고난 보스 기질은 어딜 가나 우두머리 노릇을 하게 하나 보다' 하는 생각이 들었다.

그가 장애인복지회 회장을 하는 동안 나는 두 차례인가 내가 책임을 맡고 있던 언론사의 이름으로 '장애인 음악회'를 열어 얼마간의 수익금을 복지회에 전달한 일이 있다.

한 사람이 자신의 일생을 담담하게 기록으로 남기는 일은 어렵고 힘든 작업이지만 매우 의미 있는 일이다. 그것이 어떤 것이든 후세 사람들에게 교훈을 주고 인생을 다시금 생각하게 만들기 때문이다.

자서전 발간을 축하드리며, 장애인에 대한 봉사를 남은 날들에 해야 할 소명으로 깊이 느끼고 있는 신 회장의 앞날에 늘 건강과 행운이 함께하기를 기원한다.

이정식
서울문화사 사장, 前 CBS 사장

신은 내게
사랑과
봉사라는 벌을
주었다

차 례

1부

잘못된 영웅심으로
세상과 맞서다

주먹과
협객

신은 나를
지켜보고
있었다

4부

나눔과 봉사의 삶

잘못된
영웅심으로
세상과
맞서다

대성중학교 3학년 때였다. 지금은 대성중학교가 흥덕구 신봉
동에 있지만 당시는 청원구 내덕동에 있었다. 1960년대 후반이
라 전보다는 경제 사정이 많이 좋아졌지만 여전히 국민들은 물
론 나라경제가 어려웠다. 대성중학교 전체 학생이 일천오백 명
이 넘었는데, 각 반마다 고아원 출신 애들이 부지기수로 많았
다. 전쟁고아가 된 애들도 많았지만 먹고 살기 힘들어 버려졌거
나 가출한 애들도 상당수 있었다. 그 어려운 환경에서도 교육에

대한 부모들의 열의는 대단해서 교실은 항상 비좁았다. 나는 여전히 위세를 떨고 다니는 부잣집 아들이라 따르는 친구들도 많았고 내 말의 위력 또한 세서 그야말로 무서울 것 없는 청소년기를 보내고 있었다. 매일 친구들과 어울려 다니면서 눈에 거슬리는 또 다른 친구들과 싸움을 하다가 그만 정학을 당하고 말았다. 선생님을 대신해서 학교의 질서와 규율을 바로잡으라는 무언의 힘을 실어주었으니 내 기고만장이 하늘을 찔렀던 것이다. 조금이라도 눈에 거슬리거나 내 말에 복종하지 않는 친구들이나 선후배는 그냥 두고 보지 않았다. 공부는 뒷전이고 날 따르는 친구들과 매일같이 몰려다니며 크고 작은 시비를 만들다보니 요주의 학생으로 낙인찍히게 되었고 결국 정학처분을 받았다.

자고로 권력이란 크기와 상관없이 그 맛에 취하면 헤어 나오기 어렵다고 하는데, 내가 딱 그 형국이었다. 복장이 불량하다거나 학교규칙에 어긋나는 행동을 하는 학생들을 선도하고 지적해야 하는데, 나는 그야말로 권력의 사유화로 착각해 내 말을 듣지 않으면 무조건 처벌을 내리는 식이었다. 학교 내에서는 물론 학교 밖에서까지 내 행동에 대한 문제가 제기되자 학교에서 결국 처벌을 내린 것이었다.

내 인생에서 받은 첫 번째 벌이었다. 학창시절 정학을 받거나 징계정도는 까짓 별 것 아니라고 쉽게 생각할 수도 있을 테지만 살아보니 그렇지 않았다. 처음 어떤 벌을 받고 어떻게 달라져야 올바른 삶을 살 수 있는지는 매우 중요한 문제였다. 그때는 그깟 휴학 한번이 무슨 대수일까 신경 쓰지 않았지만, 모든 문제의 단초와 시작이 한 사람의 인생에 얼마나 큰 영향을 주는지 몰랐던 것이다.

휴학 처분을 받은 나는 1년 동안 하는 일 없이 낮에는 집에서 놀다가 저녁 무렵이면 다시 친구들을 만나 전과 다름없는 생활을 이어나갔다. 자숙의 시간을 보내며 부족한 공부를 해야 옳은데, 멈추지 않는 혈기를 통제하기가 쉽지 않았다. 다시 받아준 학교에 대한 고마움은커녕 나보다 한 살 어린 후배들과 함께 공부하려니 심기도 불편했고 이미 고등학생이 된 동급생 친구들이 거슬리는 행동을 하면 참을 수가 없었다. 그렇다고 무조건 나쁜 짓을 한 것은 아니었다. 세상의 불의와 내 친구들을 위한 일에는 몸을 사리지 않고 앞장섰다. 그것이 설령 힘을 쓰는 일이고 위법이라고 해도 가만히 구경하거나 방관하지 않았다. 항변하자면 이해할 수 없는 세상에 대한 어설픈 객기와 취기를 참을 수 없어 끊임없이 도전했던 것이다.

한·일회담 반대운동을 위해 철길에 드러눕다

5·16군사정변이 일어난 지 10여 년 가까이 되자 사회도 조금씩 변화를 보였다.

5·16군사정변은 군부세력인 박정희가 정변을 일으켜 잡은 정권이다. 제1공화국인 이승만 자유당 정권이 1960년 부정선거를 일으키면서 국민들은 분노했고 그로 인해 4·19혁명이라는 시위가 일어났다. 시위는 대구의 학생들이 시작하면서 전국으로 퍼져나갔는데, 결정적으로 마산의 한 부두에서 김주열의 시체가

발견되면서 온 국민이 참여하게 만들었다. 고등학생인 김주열이
4·19혁명의 인물로 사망했다는 사실은 초등학생이던 내게도 심
상치 않게 들렸다. 부정선가가 무엇인지도 모르면서 혁명이 일
어났다고 말하는 어른들의 얘기를 들을 때마다 나라가 잘못되어
가는 것은 아닌가 걱정했던 기억이 난다.

4·19혁명으로 결국 이승만자유당정권은 무너졌다. 그러나 민
주화에 대한 국민들의 열망은 또다시 5·16이라는 군사정변이 일
어나면서 세상은 또다시 혼란에 빠지고 말았다. 하지만 박정희
정권은 빠르게 국가재건에 힘을 쏟기 시작했고, 잘 먹고 잘 살기
위한 정부정책의 경제개발 5개년 계획도 착착 진행시켰다. 내가
중학교에 다닐 무렵부터는 농어촌을 중심으로 새마을운동이 시
작되어 주거환경이 변하고 소득도 크게 높아졌다. 오랜 전쟁으
로 피폐해진 나라경제는 물론이고 가정경제를 살리자는 박정희
정권의 공약이 착착 실행되었던 것이다.

사회변화와 개혁으로 인한 부작용도 만만치 않았지만 국민들
대다수는 지긋지긋한 가난에서 벗어날 수 있다는 정부정책의 의
지를 믿고 반겼다. 중학교 3학년이던 1965년에는 한일협정에 규
탄하는 데모가 전국적으로 일어났다. 한일협정은 일본이 식민
지 피해청산이라는 명목으로 강압통치의 피해를 무마하려고 맺
은 협정이었다. 시위는 박 정권이 굴욕회담과 경제원조라는 구
걸회담의 결과를 가져왔다는 국민들의 분노였다. 전에는 혁명이

신은 내게 사랑과 봉사라는 벌을 주었다

니 정변이니 같은 말들을 제대로 이해할 수 없었지만 열일곱 정도 되니 세상 돌아가는 눈치가 생겼다.

대학생들이 왜 나라 일에 데모를 하고 시위를 하는지 의문이 생기면서 나에게도 알 수 없는 의협심내지는 영웅심 같은 것이 생겼다. 친구들이 많다 보니 공부에 대한 관심보다 몰려다니면서 놀고 싸우는 일이 더 많았지만 신문이나 라디오에서 떠드는 소리에 귀를 막지는 않았다. 한일협정반대운동 시위가 정확히 무슨 내용인지는 잘 모르지만 지식인과 학생들이 곳곳에서 집결해 시위를 한다는 소리가 신문이나 방송을 통해 들려왔다. 주로 대학생 아니면 고등학생과 일반시민들 그리고 국회 야당위원들이 시위를 했는데, 중학생은 어린 탓인지 참가하자는 이들이 없었다. 당시 청주에서 개업한 채병길 변호사가 청주상고 학생들한테 시위에 참가하자고 제의했지만 한 명도 응하지 않았다는 얘기가 들려왔다.

그 소식은 최병길 변호사 사무실에서 말단으로 근무하던 형 친구가 전했는데, 그 얘길 들으면서 나는 왠지 쪽팔린다는 생각이 들었다. 고등학생이면 한참 선배이고 어른이라고 생각했는데, 왜 나라 일을 모른 체하나 싶었다. 나랏일인데 시위가 겁이나 구경만 한다거나 모른 척한다면 비겁한 일이었다. 나는 형 친구로부터 한일협정이 무슨 내용인지 왜 우리가 반대를 해야 하는 것인지 자세하게 들을 수 있었다. 형 친구는 설마 내가 시위에 참가할거라고는 생각지 못했을 것이다. 중학생이 물어보니까 그냥 교육 차원에서 설명해준 것이지 나더러 시위하라는 소리는 분명 아니었다. 하지만 나는 달랐다. 그 형으로부터 한일협정반대가 의미하는 것이 무엇인지, 우리가 그 일로 또 얼마나 큰 수치와 굴욕을 당한 것인지 듣고 나니 분노가 치솟았다.

일제강점기를 경험한 세대도 아니고 한국전쟁의 참상을 극복한 것도 아닌데, 수치와 굴욕이라는 말은 내 자존심을 몹시 상하게 만들었다. 그때까지 그 누구한테서도 자존심이 상해본 적 없는데, 36년이라는 식민지 청산을 돈 몇 푼으로 보상한다는 소릴 들으니 어린 마음에도 기분이 몹시 언짢았다. 풍족하게 자라서 동정이나 구걸을 해 본적은 없지만 생각만으로도 비참해지는 기분이었다. 내 친구가 다른 학교 학생한테 맞고 왔을 때 느끼던 기분과는 또 다른 내가 마치 변변치 않은 놈한테 얻어터지고 고개 숙인 것만 같았다.

나랏일에 처음 가져 본 관심이고 애정이었다. 며칠 후 나는 한일협정반대 시위에 참가하기로 마음먹고는 대성중학교 3학년 반마다 돌아다니면서 함께 시위하자고 친구들을 독려했다. 고등학생들도 마다한 시위에 참가하겠다고 중학생이 돌아다니니 슬금슬금 피하거나 비웃었다. 우등생도 아니고 싸움꾼으로 낙인찍힌 내가 나라를 위한 일에 앞장서자고 했으니 비웃을 만도 했다. 교실에서 수업받는 시간보다 선도위 상담실에서 더 많은 시간을

신은 내게 사랑과 봉사라는 벌을 주었다

보내는 등 말썽을 부려 학교 짱으로는 이미 유명세를 타고 있었지만 그건 모두 부정적인 시각이었다. 그래서 어쩌면 나를 자극할만한 일이 필요했던 것인지도 모른다.

그렇다고 한 번 마음먹은 일을 포기할 내가 아니었다. 학교에서 소위 '짱'이라고 불리던 내가 그대로 포기하면 자존심이 상할 것 같아서 나를 따르던 애들부터 만나자고 했다. 각 학급 반장은 물론이고 규율부장까지 이른바 내 똘마니들을 구내식당으로 불러 자장면을 사 주면서 말했다.

"야, 우리가 일본 놈들한테 굴욕당했다는데, 가만히 있
으면 되겠냐?"

내 말 한마디가 법보다 가까이 있던 시절이었다. 자장면 먹던 친구들이 눈을 동그랗게 뜨고 날 쳐다보았다. 나는 변호사 사무실에서 일하는 형 친구를 통해서 한일협정이 무슨 내용인지 알고 있었지만 다른 친구들은 잘 모르는 눈치였다. 함께 몰려다니면서 싸움하고 여학생 얘기나 하던 내 입에서 나라 얘기가 나오니 친구들이 의아할 만도 했다. 하지만 내 가슴속에선 이미 뭔가 일을 내지 않으면 견딜 수 없는 나름의 정의감이 불타오르고 있었다.

"야, 그 일본 새끼들이 우리를 36년 동안이나 강제로 지
배했잖아. 그 새끼들이 우리 독립군 잡아다가 고문하고
죽이고 별짓 다 했는데, 이제 와서 돈 몇 푼으로 사과한

다고 하잖아. 너희들 그래도 괜찮겠냐? 그 씨팔놈들 그
냥 두고 볼 거냐고!"

당장이라도 누군가를 향해 주먹을 날릴 듯 흥분해 있는 나를
본 친구들도 공감이 가는 듯 자장면 그릇을 세차게 내려놓았다.

"가만히 있으면 안 되지! 가서 한 방 멕여 주자!"

"어떤 씨팔놈이 그런 협정을 맺었냐? 나 원 참, 자존심
도 없나."

우리는 그날 구내식당에서 그 어떤 협약식보다 위대한 결의
를 다졌다. 짱들의 결의와 투지라는 것이 그처럼 쓸모 있게 발현
될 수 있다는 것을 알고 나니 뿌듯했다. 일곱 명의 반장들이 각
자 60여 명씩만 동원해도 420명이고 그 외 친구들까지 가세하면
1천여 명이 넘을 것 같았다. 우리는 다음 날 학교 근처에 있는 청
도극장 옆 광장에서 집결해 모두 철길에 드러눕자는 구체적인
행동까지 계획하고는 결연히 흩어졌다.

그렇게 친구들과 시위를 도모하고 집으로 돌아온 나는 마치
만주로 떠나는 독립군처럼 긴장한 탓에 잠이 오지 않았다. 아주
중요한 일을 한다고 생각하니 처음으로 나란 존재에 대한 느낌
이 남달랐다. 학교에서는 문제아로 불리고 집에서는 마냥 철없

　　　　　신은 내게 사랑과 봉사라는 벌을 주었다

는 아들일 뿐인 내가 개인적인 일이 아닌 나라를 위하는 일을 한다고 생각하니 한껏 고무되었던 것이다.

이튿날, 나는 아침 일찍 학교로 가지 않고 광장으로 향했다. 광장에서 모인 다음에 정봉역으로 몰려갈 생각이었다. 정봉역은 지금의 청주역으로 충북선이 복선화되기 전 미호역과 서청주역 사이에 있던 역이다. 다른 학생들도 하나둘씩 광장으로 모여들기 시작했다. 예상했던 인원수는 아니지만 그래도 내 말이 먹힌 것인지 교복을 입은 채로 역 광장으로 모여드는 친구들을 보니까 시위 주동자로서의 책임감이 무거워졌다. 그러나 얼마 후에 나는 친구들이 더 이상 광장으로 집결하지 못할 것이라는 통보를 받았다. 한 친구가 헐레벌떡 달려오더니 내게 말했다.

"용식아 큰일 났어! 어떤 새끼가 고자질해서 선생이 지금 이쪽으로 오고 있어."

반장 중에 한 친구가 겁이 났던지 생활부장 선생님께 그만 사실을 털어놓은 모양이었다. 고발자는 신용식의 강압 때문에 시위에 나가지 않을 수가 없다고, 만일 신용식 말을 듣지 않으면 보복을 당한다고 자신의 억울함을 호소했다고 한다. 이 사실을 알게 된 생활부장 이칠권 선생님이 자전거를 타고 광장으로 달려오고 있다고 했다. 마음이 급했다. 고자질한 친구 놈은 나중에 응징하면 그만이지만 생활부장 선생님이 안 이상 무사히 넘어갈 것 같지 않았다. 모여 있던 친구들도 선생님이 온다는 사실을 전해 듣고는 불안한 기색을 보이며 슬금슬금 자릴 뜨기 시작했다. 나는 도망치지 않았다. 시작도 해보지 않고 자릴 뜨면 모양새가 우스워질 것 같았고, 일본의 굴욕적인 처사에 대항하는 일이었다.

나는 뒤돌아보지 않고 정봉역 철길을 향해 뛰어갔다. 내가 움직이자 자리를 지키던 친구들도 함께 움직였다. 우리는 누가 먼저 할 것 없이 철길 위에 한 명씩 차례대로 누웠다. 초여름 땡볕에 달궈진 철로에 누워있자니 기차가 오면 어떡하지 하는 두려움보다 등짝이 뜨거워 견디기 어려웠다. 어린 학생들이 철길에 눕자 역사는 발칵 뒤집혔고 모든 철도원이 밖으로 뛰쳐나왔다. 때맞춰 자전거를 타고 떼로 몰려온 선생님들까지 역사는 한순간 아수라장이 되었다. 어디선가 기차 소리가 들려오자 애가 탄 철도원들과 선생님들이 고함을 치며 철길로 뛰어들었다.

"야! 새끼들아! 빨리 일어나지 못해!

이것들이 죽으려고 환장을 했나, 신용식이 빨리 일어나

지 못해!"

솔직히 나도 기차 소리가 들려오는 순간 기찻길에서 그만 나가야겠다는 생각을 하긴 했었다. 옆에 누워 있던 친구들 입에서 곡소리가 나는 걸 들으니 무서워서 더 이상은 버틸 수 없었다. 때맞춰 선생님들이 나탔으니 체면은 세운 셈이었다. 죽음까지 불사하며 시위할 정도의 신념은 아니었던 것이다. 중학교 3학

신은 내게 사랑과 봉사라는 벌을 주었다

년이니 당연한 결과일지도 모르지만 내게는 그 첫 번째 시위가 나라와 민족을 위해서 나도 뭔가 할 수 있다는 단초를 제공한 큰 사건이라고 할 수 있다.

비상계엄령 선포
화양계곡으로 도망

　문제는 그 다음이었다. 시위 주동자로 지목되자 학교에서는 물론 경찰서에서도 가만히 있지 않았다. 당시 박정희 정권은 서울에 비상계엄령을 선포해 시위와 집회에 참가한 야당 인사를 비롯해 지식인과 학생들을 구속하기 시작했고 일부 대학교와 고등학교까지 휴교령이 떨어졌다. 학교에 나가지 않아 좋긴 했지만 한일협정반대시위를 주동해 정부에 반기를 들었으니 무사하지 못할 거라는 소문이 돌았다. 야당이 불참한 가운데 한일협정

　　　　　　　　신은 내게 사랑과 봉사라는 벌을 주었다

비준안이 전격 처리되면서 국교는 정상화되었지만 전국적인 시위는 좀처럼 가라앉지 않았다.

학교에서의 처벌은 두렵지 않은데 청주경찰서 형사들이 집으로 들락거리니 분위기가 달랐다. 어린 학생이라고 봐주겠다는 눈치가 아니었다. 더구나 부친은 나랏일을 하는 면장과 선출직이던 대동청년단 부단장이라는 감투를 쓰고 있었고, 청주우암초등학교를 설립하는 등 교육 사업에도 이바지해 사회적으로 큰 신망을 받았다.

대동청년단은 해방 후 반공주의를 내세우는 우익 청년단체로 독립운동가 김구를 지지하던 세력들을 중심으로 만들어진 단체라고 알고 있다. 이승만 정부 수립 후에는 정치적 목적으로 만들어진 대한청년단에 통합되어 활동했다는 기록이 있다.

부친께서 소위 기초단체장 비슷한 책임을 맡아 정부를 위해 일을 하는데, 아들인 내가 정부에 반기를 들고 시위를 했으니 부친 입장도 난감한 상황이었을 것이다. 정보과 형사들이 부친을 찾아와 하는 말도 아들이 야당을 하면 어떡합니까! 였다. 그들이 나를 당장 잡아가지 않은 것은 부친하고의 좋은 인연 때문이라고, 하지만 언제까지 봐 줄 수는 없다고 말했다.

결국 나는 한일협정반대 시위 가담자로 지목되어 학교에서 무기정학 처분을 받았고, 경찰의 관심 수사가 시작되자 부친께서는 사람들의 시선을 피해 화양계곡으로 가 있으라고 했다.

"용식아, 너 잠깐 캠핑 좀 가 있거라……."

그러잖아도 무기정학을 받아 집안 눈치를 보느라 급급해 있던 나는 부친이 내린 유배선고에 잔뜩 긴장했다. 날 보자마자 주먹이 날아올 줄 알았던 나는 애써 화를 참는 부친의 표정에서 조금은 안도했다. 하지만 캠핑을 가라는 뜻밖의 선고를 듣고는 당황하지 않을 수 없었다. 밖에서 무슨 짓을 하고 다녀도 집 떠나라고 한 적은 한 번도 없었는데, 그제야 나는 이번 사태가 얼마나 심각한 상황인지 깨달았다. 나는 나라를 위한 영웅심으로 한 일인데, 나라에서는 정작 불법 시위로 낙인을 찍어 학교에서는 물론 십만도 안 되는 청주 시민들에게 신용식이라는 이름을 각인을 시켰으니 졸지에 부친과 나는 유명인사가 되고 말았다. 부친은 아들을 위해서 여기저기 읍소하러 다니셨고, 나는 세상의 눈을 피해 어디론가 도망쳐야 했다.

아이러니한 것은 중학교 3학년인 내가 불법 시위로 무기정학을 받자, 고등학교 선배들이 체면을 구겼다면서 반성을 했다는 사실이다. 나에 대한 소문은 순식간에 퍼져나갔고 청주와 충북 지역 대학생과 고등학생들에게 더 큰 불씨를 만들어 한일협정반대 시위자는 점점 불어났다.

그들도 아마 무엇이 나라를 위한 일인지 알고 있었기에 그런 태도를 보였을 것이다. 나와 내 친구들이 한 행동에 대해 누군가는 잘못이라 말하고 누군가는 용감하다고 말해서 잠시 헷갈릴

신은 내게 사랑과 봉사라는 벌을 주었다

때도 있었지만 결과적으론 불법을 저지른 학생일 뿐이었다. 추상같이 말하는 부친의 표정을 보고는 더 이상 거절할 용기가 나지 않았다.

"어디로 캠핑을 가요?"

나는 진짜 캠핑가려는 양 물었다. 잘못했다고 빌어도 시원찮을 놈이 태연하게 어디로 캠핑을 가느냐고 물으니 부친도 한심한 모양이었다.

"이놈이 아직도 정신 못 차리고, 너 진짜 캠핑 가는 줄 알아!"

"그게 아니라….."

아들의 처지가 안타까운 부친께서 도망이 아닌 캠핑이라는 말로 대신했다는 걸 모르지 않아 나도 그렇게 응수를 한 것인데, 오히려 부친의 화를 더 돋우고 말았다.

"용식아, 네가 한 행동이 옳지 않다고 생각하진 않는다. 싸움질이나 하고 다녀서 생각이 아주 없는 놈인 줄 알았는데, 무엇을 위해 용기를 내야 하는지 아주 모르는 것 같지는 않아서 한편으론 안심이 된다. 하지만, 용기라는 것도 칼집 속에 들어있는 칼과 같은 것이란다. 칼을 아무 때나 빼서 휘두르는 놈은 잡놈이고, 옳고 그름을 따져 정의라는 명분이 섰을 때 칼을 뽑는 놈이 진짜 칼잡이고 협객이란다. 너는 아직 오줌똥 못 가리는 어린 애란 말이다, 이 자식아!"

부친의 말씀이 무슨 뜻인지 정확하게 이해할 수는 없었지만 나를 걱정하고 있는 것만은 분명했다. 부실한 자식을 둔 부모의 존재는 그럴 때 더 빛나는 모양인 듯, 부친이 그처럼 든든하게 느껴질 수가 없었다. 나는 한풀 꺾인 채로 부친이 시키는 대로 순순히 따르겠다고 했다.

부친이 당분간 가 있으라고 한 곳은 화양계곡이었다. 화양계곡은 괴산군 청천면 속리산국립공원에 있는 계곡으로 아홉 개의 계곡이 여러 지역에 걸쳐 있어 험하면서도 절경이 빼어나 속리산의 유명세를 톡톡히 치르고 있는 곳이다. 지금은 해외여행이 일반화되어 국내보다 해외로 나가는 사람들이 많지만 당시만 해도 해외여행은 꿈에라도 생각하지 못할 때였다. 때문에 국내 유명 국립공원과 온천지역은 사람들이 가장 선호하는 여행지였다. 괴산은 청주 가까이 있고 조금 논다고 하는 애들은 버스를 타고 자주 가던 곳이라 그리 낯선 지역은 아니었다. 부친도 이런 점을 고려해서 속리산으로 가라고 한 것 같았다. 자식을 전혀 낯선 타

신은 내게 사랑과 봉사라는 벌을 주었다

지로 보내자니 마음에 걸렸을 테고, 집에 두자니 잘못될까 두려워 당신 곁에서 그리 멀지 않은 곳에 나를 피신시키려 했던 것이다. 그때는 미처 부친의 그런 마음을 헤아리지 못하고 진짜 캠핑이라도 가는 양 함께 퇴학당한 친구들과 요란을 떨었다.

청주에서 화양계곡까지는 여러 경로가 있지만 가장 가까운 계곡을 선택해서 걸어가기로 했다. 버스로 3시간이나 걸리는 거리를 혹시 모를 검문에 걸릴지도 모른다는 염려 때문에 친구들과 꼬박 하루를 걸어서 화양계곡에 도착했다. 텐트와 먹을거리까지 짊어지고 삼십여 킬로미터를 걸어가자니 극한의 도보 훈련이 아닐 수 없었다. 군용텐트의 무게도 적잖은데, 쌀과 반찬거리까지 바리바리 짊어지고 걷자니 처음과 달리 어깻죽지가 떨어져 나가는 것만 같았다.

사고치고 도망치는 주제에 누구를 탓할 수도 없고 우리는 발에 물집이 잡히도록 걸었다. 어려울 때 더 친구에 대한 믿음이 생긴다고, 함께 계곡으로 간 친구들끼리는 더 끈끈한 우정과 신뢰가 생겼다.

친구들과 계곡에 자릴 잡고 나서 살펴보니, 우리보다 먼저 계곡에 와 있는 선배들이 있었다. 나처럼 문제가 있어 그곳에 온 것 같지는 않았고, 그야말로 청춘의 낭만을 찾기 위해서 집을 떠나온 선배들은 밤새 계곡에서 기타를 치며 노래를 불렀다. 별이 총총한 계곡에서 한 선배가 치는 기타 선율은 한여름 밤이 황홀

하게 느껴질 만큼 아름답게 들렸다. 그때 처음으로 자연과 음악이 주는 낭만이 사람의 심금을 울린다는 걸 알았다. 기껏해야 청주 바닥이나 휩쓸고 다니면서 후배들 군기나 잡고 여학생들 눈치나 보았는데, 선배들은 뭔가 달랐다. 특히 현배라는 선배가 그랬다. 그 선배는 한마디로 멋있어 보였다. 기타도 잘 쳤지만 내게 던지는 한마디 한마디가 그렇게 철학적일 수가 없었다. 알고 보니 그 선배는 청주 사학재단의 후손으로 명문가의 집안이었다.

신은 내게 사랑과 봉사라는 벌을 주었다

혼란스럽기만 했던
고등학교 시절

　중학교 3학년을 정상적으로 마치지 못한 나는 일반 고등학교에 입학하지 못하고 청주상고 야간에 다닐 수밖에 없었다. 청주상고는 청석학원 소유로 1935년 상업교육을 시작하였다. 당시에는 일자형의 2층 양옥 건물로 꽤 세련된 건축물이었지만 내게는 그리 탐탁찮게 생각되었다. 친구들 대부분은 대학진학을 염두에 두고 일반고에 입학했는데, 몇 명만 그것도 야간 상고에 다닌다고 생각하니까 자존심이 상했다. 화양계곡에서의 와신상담臥薪嘗

膽도 며칠 지나자 도로 아미타불로 돌아갔다. 전과 달라지고 싶은 생각이 잠깐 들긴 했지만 중학교에서 낙인찍힌 이미지에서 쉽게 벗어날 수 없었다. 어딜 가나 주먹질이나 하는 문제아 취급을 했고 바라보는 시선 또한 곱지 않아서 나는 갈수록 더 엇나갔다.

나를 꼼짝 못 하게 할 누군가가 있었다면 한 번쯤 기가 꺾였을지도 모른다. 가족들도 그렇고 다른 사람들 역시 나를 포기한 것인지 언젠가부터는 봐도 못 본척하거나 모른 체하기 일쑤였다. 변명 같지만 어쩌면 그때부터 나 스스로도 통제할 수 없는 인생의 수레바퀴에 올라탄 것인지도 모른다. 더 이상 그러면 안 된다는 걸 모르지 않으면서 사사건건 힘겨루기 도전장을 내미는 유혹을 뿌리치지 못했다.

상고에 다니는 애들 대부분은 가정 형편이 어려워 대학진학을 포기하고 취직하기 위해서 온 학생들이 많았다. 주로 청주 인근 지역에서 유학 온 학생들이거나 나처럼 문제를 일으켜 일반고 진학이 힘든 학생들이 주로 다녔는데, 주야간의 분위기가 다르다 보니 툭하면 자존심을 내세운 도전장이 들어왔다. 주로 음성이나 일죽, 증평 등에서 유학 온 애들이 많았는데, 그들 중에서도 공부보다는 힘자랑하러 다니는 애들이 더 많았다. 덕분에 교실에 들어가 수업하는 시간보다 학교 밖에서 보내는 시간이 더 많았고, 중학교 때부터 알려진 명성은 고등학교에 가서 더 공고

해졌다.

청주에서 더 이상 나를 제압할 수 없다는 소문이 돌자 어김없이 학교에서 부모님 소환장이 날아왔다. 부친이 학교로 불려가 퇴학 통보를 받던 날도 나는 밤늦게까지 친구들과 어울려 놀았다. 청주에서 이름난 불량 학생일 뿐인데, 나는 마치 무소불위 정치인이라도 되는 양 나를 우러르는 친구들과는 어깨동무를 했고 도전장을 내미는 애들에게는 가차 없이 주먹을 휘둘렀다. 그것이 의리이고 멋이라고 생각했다. 지금 같았으면 청소년 보호 시설이나 교도소에 갔을 일인데, 그때는 폭력으로 인한 상해를 입어도 학교 처분만 받으면 그만이었다. 법의 처분에 따라 한 인생의 모습이 좋아질 수도 있고 나빠질 수도 있다는 사실을 깨닫기까지 꽤 오랜 시간이 걸렸지만 부모 입장은 다르다. 자식이 무슨 사고를 쳤든 다치지 않으면 다행이고 교도소에 가지 않았으니 하늘이 도운 것이라고 생각하기 마련이다.

청주상고는 고작 7개월 남짓 다닌 뒤 그만두게 되었다. 청주상고의 붉은 벽돌 건물은 지금도 근대 초기의 건축양식으로 평가받고 있지만 내 기억 속 학교의 붉은 외벽은 친구들과 담배를 피우거나 저녁나절 책가방을 내팽개치고 누군가의 쌍코피를 터트리던 담벼락으로 남아있다.

누군가는 그 붉은 벽돌 외벽에 기대어 장래 희망을 꿈꾸고, 또 누군가는 교정의 느티나무 아래서 베르테르의 편지를 읽으며 학교생활의 낭만을 맛보았을 텐데, 나는 또다시 학교를 떠나야 하는 신세가 되고 말았다. 부친의 굳어진 표정과 무거운 발걸음에서 퇴학이 기정사실이 되었다는 것을 읽었으면서도 나는 무릎 꿇고 빌지 않았다. "이제 정신 차리고 공부하겠습니다."라고 말하지 못했다. 부친 역시 그런 기대는 애당초 하지 않은 듯 아무 말 없이 집으로 데려가 저녁밥만 챙겨 먹였다. 큰어머니들에게는 그토록 냉정하고 매몰찬 어머니도 내게는 큰 소리를 내지 않았다. 공부하신 당신의 경험을 비춰볼 때 아들의 미래가 분명 캄캄했을 것인데, 어머니는 좀처럼 날 닦달하지 않았다. 하긴 자식도 중요하지만 여자로서 견디기 힘든 인생을 사느라 당신조차 건사하기 어려웠을 것이다.

청주상고에서 퇴학을 당하고 보니 청주에서는 더 이상 갈 곳이 없었다. 부친도 더는 청주에 있는 고등학교에 가기 어렵다며 먼 친척이 살고 있는 영동으로 가라고 했다. 영동은 충청북도 최남단에 있는 작은 군으로 경상북도와 전라북도 충청남도에 접해 있어 청주에서만 생활한 나로서는 매우 낯선 곳이었다. 청주와의 거리도 멀지만 산간지역인 촌구석으로 혼자 떠나가자니 미칠 것 같았다. 그러나 고등학교는 졸업해야 사람구실 한다는 부친

신은 내게 사랑과 봉사라는 벌을 주었다

의 말을 차마 거역할 수는 없었다. 한번 금이 간 항아리는 쉽게 붙일 수 없다더니, 나는 두 차례의 경고에도 불구하고 현재의 처지에만 불만이 가득했다.

영동읍에 있는 단명고등학교는 부친의 당숙이 설립한 학교였다. 주로 농어촌의 가난한 학생들이 자립할 수 있도록 잠업蠶業과 농업에 필요한 교육을 시켰다. 당숙은 영동에서 약국을 운영하며 학교를 설립한 유명 인사였다. 부친과 함께 영동으로 가 아저씨를 만났다. 부친을 통해서 이미 나에 대한 이야기를 들은바, 아저씨가 날 앉혀놓고 말했다.

"용식아. 이 학교에서는 사고 치지 말고 조용히 지내라.

촌놈들 얕보다가는 큰코다친다."

친척 아저씨의 충고에는 두 가지 뜻이 담겨 있는 것 같았다. 하나는 부친을 봐서 받아준 것이니 잠자코 있으라는 것이고, 또 하나는 청주에서 놀았다고 공연히 촌놈들 무시했다가는 무사하지 못할 것이라는 경고 같은 것이었다. 부친은 내 옆에서 당연한 말이라고, 용식이도 이젠 정신을 차렸을 테니 그런 걱정은 하지 말라고 거듭 읍소했다. 그런 부친을 지켜보고 있자니 자존심이 상했다. 부친이 나를 위해서 자존심을 버렸다는 생각이 들기보다는 나를 받아주는 대가를 치르게 하는 그 아저씨라는 사람이 언짢게만 느껴졌다. 그래도 내 옆구리를 치시며 나를 받아준 아저씨께 고마움을 표시하라는 부친의 말을 거역할 수는 없었다.

"조용히 학교에 다니겠습니다."

그 말 한마디에 굳어있던 부친의 표정이 밝아졌다. 하지만 아저씨와 교무주임이라는 두 사람은 어디 두고 보자는 눈빛이었다. 청주에서 영동까지 왔을 때는 오죽했을까, 하는 표정이었다. 상관없었다. 나를 향한 사람들의 그런 시선에 이미 익숙해졌기 때문이었다. 자존심은 상했지만 쉽게 기죽을 필요는 없었다. 부친은 그렇게 나를 영동에 남겨두고 다시 청주로 돌아가셨다.

영동에서의 생활도 모든 것이 풍족했지만 딱 한 가지 함께 놀 친구가 없어 학교에서 돌아오면 답답해 죽을 지경이었다. 학교 애들도 나에 대한 소문을 알고 있었던 듯 좀처럼 가까이 지내려 하지 않았다. 나는 늘 삐딱하거나 반항적인 태도를 보여 선생님들조차 애정을 보이지 않았다. 영동에서 힘 좀 쓴다는 한 친구가 내게 호기심을 보였지만 왠지 피라미를 상대하는 것 같아서 주먹을 감췄다. 청주에서 놀던 내가 촌구석 주먹이랑 붙었다는 소문이라도 나면 체면이 말이 아닐 것 같았다. 답답함이 목까지 찼지만 주말에 청주로 돌아가 친구들 만날 생각으로 영동에서의 학교생활을 꾹 참으며 지냈다.

그러던 어느 날 주말에도 나는 서둘러 청주로 갔다. 청주상고

신은 내게 사랑과 봉사라는 벌을 주었다

를 함께 다니다가 퇴학당한 친구 정영찬을 만나기 위해서였다. 영찬이와 나는 싸움을 하면서 정이 든 가장 가까운 친구였다. 만나기만 하면 주먹질을 했지만 우리는 서로 통하는 무엇이 있었다. 조절하기 어려운 어떤 욕망 하나씩 가슴에 품고 사는 미숙한 인간들처럼 우리는 싸우면서도 언제나 함께 있기를 원했다. 그런데 그 친구는 야구 특기생으로 서울에 있는 선린상고로 가고, 나는 영동으로 갈라졌으니 어쩌다 청주에서 재회라도 하면 그렇게 반가울 수가 없었다.

영찬이가 다니던 선린상고는 야구로 유명한 학교였다. 대한제국 시절에 설립되어 농상공학교로의 역사성도 가지고 있다. 지금은 학생 수가 적을 테지만 그때만 해도 선린상고에 입학하려면 수재 소릴 들어야 했다. 공부는 잘하는데 집안 형편이 안 좋아 대학진학을 포기한 전국의 수재들이 몰리던 학교였다. 산업화가 성장하기 시작하면서 사회는 수많은 기술자와 생산업에 종사할 인력이 필요했고, 상업고등학교와 공업고등학교가 그러한 인력을 충당하는 교육의 장으로 역할을 담당했다.

지금은 상고와 공고가 찬밥신세를 당하지만 그 당시만 해도 농어촌에서 산업사회에 필요한 기술자가 되기 위해 서울로 유학 오는 학생들이 부지기수였다. 학생들이 몰리다 보니 당연히 시험을 쳐서 합격을 해야만 입학할 수 있었고, 지방출신 중학교 애들은 하나같이 우등생일 수밖에 없었다. 영찬이도 야구를 하지 않았으면 선린상고에 들어가기 어려웠을 텐데, 중학교 때부터 시작한 야구실력 덕분에 명문 고등학교에 들어갈 수 있었다. 나는 영찬이가 부러웠다. 청주 최고의 재벌 집 아들인 영찬이는 서울에 있는 명문 고등학교에 다니는데, 나는 산골동네 영동에 떨어져 있다고 생각하니 더 견딜 수가 없었다. 영찬이는 만날 적마다 멋있어지는 것 같았고 나는 왠지 갈수록 촌스러워지는 것 같아 쪽팔릴 때도 있었다. 그래서 그날은 영찬이한테 솔직하게 물어보았다.

"영찬아, 서울 여자들은 이쁘냐?"

영찬이가 실실거리며 말했다.

"그걸 말이라고 하냐? 촌 여자들하고는 때깔이 달라. 얼마나 세련됐는지, 내 맘이 아주 살살 녹는다."

영찬이는 매우 자신감에 차 있었다. 나는 영동에서 빌빌거리며 시간을 보냈는데, 영찬이는 세련된 서울 여자들하고 즐겁게 사는 듯했다. 청주에서는 한번도 영찬이한테 기죽어 본 적이 없는데, 그 얘기를 들으니 이상하게 기가 죽었다. 내가 왠지 영찬이한테 한참 뒤처진 기분이었다. 그래서 또 물어보았다.

"영찬아, 너 괴롭히는 놈들은 없냐? 있으면 말해, 내가 올라가서 확실하게 밟아 줄게."

영찬이가 또 실실거리며 말했다.

신은 내게 사랑과 봉사라는 벌을 주었다

"야! 선린상고 유니폼이 보증 수표인데 감히 누가 날 건
드려?"

영찬이는 확실히 달라진 모습이었다. 나하고 떨어진 지 불과
일 년도 안 됐는데, 눈부시게 발전한 모습을 보니 질투와 부러움
이 교차했다. 그날 나는 영찬이와 밤늦도록 놀다 들어와 결심했
다. 더 이상은 영동 촌구석에서 보낼 수 없다고, 나도 영찬이처
럼 서울에서 새로운 생활을 해야겠다고 결심하고는 이튿날 부친
께 말했다.

"아버지, 나 서울로 갈래. 영동에서는 도저히 살 수가 없
어. 학교도 후지고 애들도 후져서 공부하기 싫어!"

아침밥을 드시던 부친의 숟가락이 공중으로 날았다. 다른 식
구들도 놀라서 나를 빤히 바라보았다. 그런 일이 처음도 아닌데,
식구들은 경기를 지켜보는 듯 조마조마한 눈빛이었다. 부친이
눈을 부라리며 말했다.

"뭐야, 이 새끼야! 거기 간지 얼마나 됐다고!"

나도 물러서고 싶지 않았다.

"아버지, 이번에는 진짜야. 서울만 보내주면 진짜 사고
안 치고 잘할게."

"네 말을 어떻게 믿어!"

"아버지, 영찬이도 서울 가더니 잘 하고 있잖아. 나도 서
울 가고 싶어!"

어떻게든 영찬이가 있는 서울로 가고 싶었다. 아버지라면 지금까지 그래왔던 것처럼 서울에 있는 고등학교에 보내줄 수 있을 거라는 확신이 있었기 때문이다. 영찬이처럼 체육에 특기가 있는 것도 아니고 공부에 취미가 있는 것도 아니면서 무슨 수로 서울로 전학을 가겠다고 고집을 부리는 것인지 부친 입장에서는 무척 답답했을 것이다. 그러나 세상에 부모를 포기하는 자식은 있어도 자식을 포기하는 부모는 없다고, 부친은 다시 한번 어금니를 깨물며 내게 다짐을 시켰다.

"좋아, 서울로 보내주마. 그런데 용식아, 너 이번이 마지막이다. 만약에 서울 가서도 공부 안 하고 사고 치면 아버지도 더 이상은 봐 주지 않는다."

부친이 얼마나 큰 고민 끝에 내린 결론인지에 대한 생각은 못 하고 나는 서울 가는 것만 신이 났다. 촌구석 영동을 벗어나 이제 대도시로 유학 간다고 생각하니 마음이 들떠 다른 생각은 들지 않았다. 그만큼 부친이란 존재는 언제라도 기댈 수 있는 그늘이고 무엇이든 다 들어주는 해결사 같은 존재였다. 그토록 크고 든든한 백을 미끼로 나는 언제나 거침없이 제멋대로 행동했던 것이다.

그때 나는 진짜로 부친께 맹세했다.

"아버지, 나 서울 가면 진짜 공부 열심히 해서 아버지가 원하는 대학에 갈게."

신은 내게 사랑과 봉사라는 벌을 주었다

지키지 못할 약속이라는 걸 알면서도 그 순간은 부친을 실망시키고 싶지 않았다. 부친도 내가 큰소리로 말하자 굳어있던 표정이 조금씩 풀렸다. 자식이 나만 있는 것도 아니고 여러 명의 자식과 아내들 때문에 당신 인생도 꼬일 대로 꼬여 복잡했을 텐데, 그래도 부친은 나에 대한 애정을 한 번도 접은 적이 없었다. 서울행이 결정되기 무섭게 나는 영동으로 달려가 보따리를 챙겨 돌아왔다. 내가 서울로 간다는 소식을 들은 친구들의 반응은 대체로 반반이었다.

나를 반기는 친구들은 잘됐다고 '역시 너는 큰물에서 놀아야 해' 하며 축하해주었고, 날 싫어하는 친구들은 '이제 그 새끼 안 보니 속이 다 후련하다'라고 말하기도 했다.

어차피 서울로 떠날 마당이라 친구들의 말 따위는 신경 쓰이지 않았다. 서울로 가서 영찬이와 새로운 역사를 만들면 그만이었다. 서울로 떠나기 전날 나는 청운의 푸른 꿈을 안고 유학을 가는 우등생처럼 밤새 잠을 이루지 못했다. 배움에 대한 의지는 없고 오로지 친구 영찬이가 있는 서울만 생각하며 설레었던 것이다.

그러나 부친이 모든 연줄을 통해 알아본 결과 내 서울 유학은 그리 쉽지 않은 일이었다. 아무 특기도 없고 문제아로 찍힌 나를 받아주는 학교가 없었던 것이다. 부친은 생각 끝에 서울이 아닌 인천에 있는 학교를 뒤졌고 이제 막 건물을 짓고 학생들을 모집

하던 제물포의 성광고등학교에서 입학 승낙을 얻어냈다. 인천은
서울과는 분명 다른 도시이지만 서울이라고 해도 무방할 정도의
대도시였다. 영찬이도 인천과 서울은 경계가 느껴지지 않을 정
도로 가깝다고 했다.

인생의 첫 번째
기회를 놓치다

성광고등학교는 당시 학생 수를 늘리기 위해서 선발기준이 까
다롭지 않았다. 후에 백인엽 장군과 백선엽 장군의 이름을 딴 '선
인'으로 학원명을 바꾸며 사학재단으로 성장하기 전까지는 배움
에 목마른 가난한 학생들에게 기회를 주고자 했다. 설립자 백인
엽 장군의 교육철학이 남달랐던 것으로 기억한다. 그보다 백인
엽, 백선엽 장군은 한국전쟁 당시 서울탈환 전투에서 공을 세웠
을 만큼 두 형제의 민족정신은 투철했다고 한다. 금방이라도 창

공을 향해 비상할 것처럼 날개를 펼치고서 교문 앞을 지키던 독수리의 모습이 지금도 기억에 선하다.

학교에 들어갔지만 실력으로 입학을 하지 않아 그런지 공부에 흥미있어 하는 친구들이 별로 없었다. 더구나 상과는 졸업 후 곧바로 산업전선으로 투입되다 보니 실제 업무에 필요한 부기와 주산을 더 잘해야 했다. 수학과 영어 공부를 하는 것보단 덜 싫증났지만 부기 급수도 쉽게 딸 수 있는 것은 아니었다. 그때는 부기와 주산의 급수가 높아야 직장을 선택할 수 있는 폭이 넓기 때문에 취직에 목을 맨 친구들은 밤낮없이 주판을 가지고 살았다. 부친과 한 약속도 있고 나도 처음에는 열심히 하는 시늉을 했다. 덕분에 주산 2급을 따긴 했지만 그 정도는 기본이라 어디에 명함도 내밀지 못했다. 한 반에서 절반 이상은 3, 4단이 넘었고 암산도 잘하는 애들이 수두룩해서 내 실력으로는 큰 기업체에 취직하기 어려웠다. 하지만 그렇다고 기죽을 내가 아니었다. 손이 보이지 않을 정도로 주산을 놓고 기가 찰 정도로 암산을 잘하는 친구들을 보면 질투가 나야 하는데, 이상하게 나는 그런 일에 별 흥미가 없었다. 주산 2급을 딴 것도 기본은 해야 할 것 같아서 한 것이지 열심히 한 것은 아니었다.

시간이 갈수록 부친과의 약속은 잊어버린 채 나는 다양한 볼거리와 즐길 거리가 넘쳐나는 도시생활에 빠져 지냈다. 학교 수업을 마치면 친구들과 주안역이나 서울역으로 가 놀기에 바빴다. 같은 학년이지만 나보다 열 살까지 많은 친구도 있고 서너 살 차이는 보통이라 한참 이성에 눈뜨기 시작한 내게는 그들이 좋든 나쁘든 본보기가 될 수밖에 없었다. 나도 그렇지만 친구들 또한 부모님과 떨어져 혼자 객지 생활을 하자니 외로울 수밖에 없었고 구속하는 이들이 없어 생활이 성실하지 못했다. 그때는 그것이 자유라 착각하고 낭만이라고 생각해 어떤 유혹이 오면 뿌리치거나 거절하기가 어려웠다.

철이 든 친구들은 어렵게 뒷바라지해 주는 부모님을 생각해서 그런지 용돈도 함부로 쓰지 않았다. 한창 먹을 나이인데 군것질은 고사하고 끼니조차 제때 챙겨 먹지 않는 애들이 많았다. 그러한 친구들과 비교하면 나는 그야말로 경제적인 어려움을 전혀 모르고 생활했다. 한 번도 궁핍한 생활을 한 적이 없다 보니 친구들의 어려움을 이해하지 못했고 돈에 대한 개념이 부족했다. 부친께서 꼬박꼬박 보내주는 생활비는 친구들과 놀고먹는데 모두 써버리기 일쑤였다. 돈이 모자라면 주말에 다시 청주로 내려가 손을 벌리면 그만이라 걱정할 필요가 없었고, 어쩌다 집으로 공중전화를 걸면 가족들이 알아서 돈을 부쳐주었다.

집에서는 혼자 떨어져 객지 생활하는 내가 무척이나 안쓰러웠던 모양이다. 어느 날은 어머니가 전화를 걸어 밥은 잘 먹고 다니는지 물었다. 그때 나는 친구들과 서울역에서 만나 놀기로 해서 어머니의 전화가 달갑지 않았다.

"엄마, 나 주산연습 해야 하니까 빨리 끊어."

어머니는 아들이 열심히 공부하는 줄 알고는 흐뭇해하시며 전화를 끊었다. 어머니의 걱정보다 친구들과의 약속이 더 중요했던 것이다. 고등학교 3학년이면 대학입시 준비에 열을 올릴 때인데, 나는 오토바이를 구입해서 하루도 거르지 않고 서울역과 명동으로 출근하다시피 달렸다.

당시 서울에는 명동을 중심으로 디제이가 있는 음악다방이 유행해서 수도권에 사는 젊은이들까지 몰려들었다. 밤마다 화려한 불빛과 이국적인 음악이 흐르는 음악다방의 매력에 사로잡혀 내가 학생 신분이라는 사실도 잊어버렸다. 서울은 하루가 다르게 발전했고 특히 서울역과 명동 일대는 모든 문화의 중심 역할을 할 때였다.

청주 촌놈이지만 오토바이를 타고 다닐 정도로 유복하다 보니 같이 노는 친구들 역시 부유한 친구들이었다. 연예인 이덕화, 박영수와는 친목회 같은 모임을 만들어 명동과 퇴계로 일대를 주름잡으며 놀았는데, 또래의 여학생들 눈에는 그것도 낭만으로 보였는지 어딜 가나 인기가 많았다. 그래봤자 여학생들을 뒤에 태우고 달리거나 디스코텍 같은 곳에서 춤추며 노는 것이 전부였는데, 격동의 사회적 분위기 탓인지 먹고 노는 나 같은 철딱서니들이 부러웠던 모양이다.

3학년 말이 되자 함께 놀던 친구들도 진로에 대해 고민하기 시

　　　　　　　신은 내게 사랑과 봉사라는 벌을 주었다

작했다. 주산과 부기 급수가 높은 친구들은 일찌감치 대기업이나 은행 같은 곳에 취직되어 학교를 떠나기도 했고, 대학을 염두에 둔 친구들은 입학원서를 쓰느라 여기저기 돌아다녔다. 별다른 특기는 없었지만 나도 뭔가 준비는 해야 할 것 같았다. 부친은 당연히 대학에 가야한다고 말했지만 무슨 실력으로 대학에 갈지 고민하지 않을 수 없었다. 음악다방을 드나들면서 잠깐 드럼을 배우긴 했는데, 그 정도 실력으로는 서라벌예술대학에 갈 수 없다고 했다. 처음부터 공부에 뜻이 있어 서울로 유학을 간 것이 아니기 때문에 나는 크게 낙심하지 않았다.

하지만 부친과 가족들은 나에 대한 희망이 있었던 듯 입시철이 다가오자 부쩍 관심을 보였다. 부친과의 한 약속도 있고 다른 친구들이 입학원서를 내는 걸 보니 나도 은근 부러워 서라벌예대에 입학원서를 내볼까 생각했다. 떨어질 것이 분명했지만 그래도 한번 내보려고 했는데, 그때 하필 좋아하는 여학생이 생겨 함께 어울리느라 원서제출 마감시간을 넘기고 말았다. 모든 일은 때가 있는 법인데, 나는 그 중요한 첫 번째 기회를 놓쳤으니 누구에게 하소연할 처지도 아니었다.

청주 촌놈이라는 소리가 듣기 싫어 더 폼을 잡았고, 반반한 얼굴값을 하느라 내 주변엔 항시 여자애들이 붙어 다녔다. 그런 인기에 취한 나머지 내 인생이 달라졌을지도 모를 대학입시 원서를 놓치고 말았으니 한심했다. 인천에서의 생활을 기대했던 부친도 대학에 갈 수 없는 처지가 되자 크게 낙담을 하셨다. 어떻게든 마음잡고 공부하는 자식 모습을 기대했는데 예전과 조금도 달라지지 않자 더 이상은 미련을 버린 듯싶었다.

고등학교 졸업 후 나는 다시 청주로 내려왔다. 영찬이도 야구를 그만두고 남산공전 복싱선수로 입문해 있었다. 야구 특기생으로 선린고등학교에 들어갔지만 프로에 입단하지 못해 그만두고 복싱으로 종목을 바꾼 것이다. 세계챔피언이 된 홍수환의 영향이 커 복싱의 인기가 대단할 때였다. 영찬이도 아마 공부를 하자니 너무 늦었고 타고난 운동실력을 그냥 포기하기는 어려웠을 것이다. 영찬이는 다행히 복싱에도 소질이 있어 웰터급 챔피언이 되었고, 군대도 복싱 특기로 수도경비사에 갈 수 있었다. 나는 해병대에 지원했다가 못 견디고 다시 돌아왔는데, 영찬이는 수도경비사에서 근무하던 권투선수 홍수환과 한화그룹 김승현 회장 하고도 인연이 닿아 있었다. 영찬이와 어울리다 보니 나도 그들과 인연을 맺게 되었고, 지금까지도 좋은 인연으로 지내고 있다. 영찬이는 큰 덩치와 다르게 수줍음이 많았지만 머리에 포마드를 잔뜩 바르고 다니면서 자신을 표현할 줄 알았고 나하고 맞짱이라도 뜰 것 같으면 무섭게 돌변해 자신을 방어할 줄도 알았다. 망나니 소릴 듣긴 했지만 서울과 인천에서 유학한 부잣집 도련님들이라 청주에서는 그런대로 여자들에게 꽤 인기가 있었다.

브레이크 없이 달리던 오토바이 사고

어느 날, 청천벽력 같은 일이 발생했다. 영찬이 육촌 되는 정완섭의 오토바이를 빌려 탄 것이 화근이었다. 완섭이는 영찬이보다 나를 더 좋아해서 그 비싼 오토바이를 서슴없이 빌려 주었다. 완섭의 부친은 삼화토건이라는 큰 건설 회사를 경영하는 부잣집이었고 그는 당시 한양공전을 다니고 있었다. 내 눈에 완섭이는 머리도 좋고 집안도 좋은 엘리트였고, 나와는 품격이 다른 사람처럼 보였다.

방학을 맞아 청주로 내려온 완섭이는 우리와 자주 어울렸는데, 내가 오토바이에 관심을 보이자 한번 타보라고 선뜻 내주었다. 지금처럼 오토바이 면허가 있어야 운전할 수 있는 것이 아니라서 맘만 먹으면 누구나 운전할 수 있었다. 영찬이는 겁이 나 못 타는데 나는 덥석 올라타 보란 듯이 뒷자리에 완섭이를 태우고 달렸다. 도로 사정이 좋지는 않지만 지금처럼 자동차가 많은 것도 아니고 사람들이 많이 왕래하는 것도 아니라서 속도 조절만 잘하면 안전에 별문제가 없을 것 같았다.

　사실 안전보다 무모한 용기로 가득했던 시절이라 오토바이의 위력을 우습게 본 것이 사실이다.

　청주에 간선도로가 처음 생겼을 때였는데, 나는 그 매끈한 도로를 좀 더 멋있게 타보려고 오토바이를 살짝 눕혀 타다가 브레이크를 밟았는데 커브 길이라 보기 좋게 도로 밖으로 나가 떨어졌다. 완섭이는 도로 옆 논구덩이로 나뒹굴어 멀쩡했지만 나는 오토바이 회전 폭이 커 바닥에 떨어진 충격이 매우 컸다. 숨이 턱 막히는가 싶더니 가슴 통증을 느끼며 잠깐 기절하고 말았다. 잠시 후 깨어보니 크게 다치지는 않은 듯 머리도 멀쩡했고 팔다리도 움직일 수 있었다. 터지거나 찢어진 곳도 없는 듯 피도 흐르지 않았다. 그러나 정신을 차린 뒤 일어서려니 한쪽 다리가 말을 듣지 않는 것이었다. 두 발로 딛고 일어서야 하는데, 한쪽 발목이 부러진 듯 심한 통증이 느껴져 꼼짝할 수가 없었다. 뒷자리

　　　　　　　　　신은 내게 사랑과 봉사라는 벌을 주었다

에 타고 있던 완섭이는 다행히 아무 데도 다치지 않았다. 친구들이 나를 부축해 병원으로 데려갔다.

병원에선 발목근처가 골절되었으니 깁스를 하라고 했다. 발목이 꺾어지면서 부러진 모양이었다. 부친과 일가 되는 담당 의사는 뼈가 붙을 때까지 깁스하고 다니면 된다고 크게 걱정할 정도는 아니라고 했다. 연락을 받고 병원으로 달려온 가족들도 안도의 숨을 내쉬었다. 말썽과 사고를 달고 사는 자식인데, 숨이 턱에 차도록 병원으로 달려온 부친과 어머니를 대면하자니 잠깐은 죄송한 마음이 들었다. 하지만 그것도 잠시뿐, 입원 소식을 들은 친구들이 하나둘씩 몰려들자 나는 시시덕거리느라 부모님 생각은 또 까맣게 잊어버렸다.

언제나 친구들이 우선이었다. 깁스한 다리 하나 불편할 뿐이지 다른 곳은 멀쩡해서 찾아오는 친구들을 마다할 리 없었다. 여자애들까지 과일봉지를 들고 찾아와 나로서는 병원이 아니라 휴양지가 따로 없을 지경이었다. 부러진 다리는 시간이 가야 붙으니 조급해할 필요가 없었고, 병실에 가만히 있어도 친구들이 알아서 찾아와 바깥 이야기를 전해주었다.

그러나 이상하게도 다리는 쉽게 낫질 않았다. 퇴원하고 석 달이 지났는데도 다리 통증이 가시지 않아 걸을 수가 없었다. 깁스는 풀었는데 나을 기미가 보이지 않자 의사도 뭔가 이상했던지 엑스레이를 다시 찍어보자고 했다. 그때까지도 크게 걱정하지 않았던 나는 엑스레이를 확인하며 심각해지는 의사의 표정을 보고 나서야 뭔가 잘못되었다는 걸 눈치챘다. 의사가 난감한 얼굴로 부친에게 말했다.

"이거 일이 심각해졌습니다. 부러진 뼈가 대동맥을 찔러서 끊어졌는데요. 다리가 썩어 가고 있어서 빨리 절단해야 합니다. 안 그러면 범위가 더 넓어져요."

부친도 나도 처음에는 그게 무슨 소린가 싶었다. 단순 골절이라 해놓고는 이제 와서 다리를 잘라야 한다니, 솔직히 이해가 되지 않았다. 부친이 시커멓게 굳은 얼굴로 물었다.

"그게 무슨 소리요! 다리를 자르다니! 멀쩡한 다리를 왜 잘라요?"

의사가 분명히 잘라야 한다고 말했는데, 부친은 받아들이기 어려운 모양이었다. 나 역시 다리를 잘라야 한다는 말이 실감이 나지 않았다. 통증이 심하긴 하지만 그 정도 가지고 다리를 자른다는 생각은 전혀 예상하지 못했기 때문이다. 아무 말도 못한 채 사색이 되어 있는 나를 대신해서 부친이 말했다.

"그건 절대 안 돼요! 어떻게든 자르지 않고 나을 방법을 찾아봐요. 젊은 애 인생을 망칠 순 없소."

말없이 한참을 고민하던 의사가 다시 입을 열었다.

"빨리 수술하지 않으면 큰일 나요. 썩어가는 걸 그냥 두면 허벅지까지 잘라내야 할 수도 있어요. 당장은 받아

신은 내게 사랑과 봉사라는 벌을 주었다

들이기 어렵겠지만 냉정하게 생각하세요. 지금으로서는
그 방법밖에는 없습니다."

다리를 잘라야 한다는 현실이 느껴지자 나도 더 이상 참을 수
가 없었다.

"아니, 간단한 골절이라고 했잖아요. 몇 달만 깁스하면
된다고 해서 여지 것 기다렸는데, 이제 와서 다리를 자
르자고 하면 어떡해요!"

내가 소리치자 부친이 말렸다. 의사는 차트를 보는 척 아무 말
도 하지 않았다. 분명 자신의 실수임에도 그는 자신의 책임을 인
정하지 않았다. 부글부글 끓어오르는 화를 다스리기 힘들었던
나는 급기야 진료실을 뛰쳐나왔다. 잠시 후 뒤따라 나온 부친은
병원 복도에 한참 동안 기대서서는 깊은 고민에 빠져 있다가 내
게 다가왔다.

"지금으로서는 이 방법이 최선이라니까, 할 수 없다. 하
자는 대로 하자."

결심을 굳힌 부친의 표정은 단호했다. 하지만 나는 받아들일
수 없었다. 한쪽 다리가 없는 신용식은 상상할 수가 없었다. 초
등학교 시절 교통사고를 당해 다리를 다쳐 내 놀림감이 되었던
친구가 떠오르면서 더더욱 비참한 생각이 들었다. 나도 그 친구
처럼 누군가의 놀림감으로 살아갈지도 모른다고 생각하니 가슴
이 터져 버릴 것 같았다. 한마디로 평생 병신 신세로 남의 동정

이나 받으며 살아야 한다는 뜻이었다. 내가 '찐다'라고 놀렸던 그 어릴 적 친구처럼 나도 누군가의 놀림감이 될지도 모른다고 생각하니 한심하기 그지없었다. 나는 부친을 잡고 말했다.

"아버지, 다리 자르면 스타일 완전히 구기잖아. 나보고
병신으로 살란 말이야! 그냥 죽어버릴게!"

나는 병원 복도가 떠나가도록 소리쳤다. 사람들이 무슨 일인가 몰려들었다. 간호사 두 명이 달려와 나와 부친을 번갈아 보며 자제를 부탁했다. 나보다 더 눈앞이 캄캄했을 부친이 길길이 날뛰는 나를 의자에 붙들어 앉히더니 나직하게 말했다.

"용식아, 이대로 그냥 두면 네 몸이 다 썩는다잖아. 아버
진 너 죽는 꼴 못 본다."

부친은 간절한 눈빛으로 나를 설득했다. 화를 참지 못하고 한참 동안 씩씩거리던 나는 부친의 간곡함을 따르기로 결정하고는 차가운 수술대 위로 올라갔다. 지금 생각하면 모든 일들이 내 업보인데 당시에는 억울한 생각만 들어 가족들을 힘들게 했다.

신은 내게 사랑과 봉사라는 벌을 주었다

다리 하나를 자르고
인생을
다시 시작하다

수술은 그리 오래 걸리지 않았다. 눈을 떴을 때는 병실에 누워 있었고 하얀 붕대에 칭칭 감긴 오른쪽 다리가 천장을 향해 들려 있었다. 나를 지켜보는 가족들의 모습 또한 사망 직전의 환자를 대하는 모습이었다. '까짓 다리 좀 짧으면 어때?'라고 결정한 이상 태연하려고 애를 썼지만 쉽지 않았다. 동정 어린 눈빛들이 내 자존감을 뚝 떨어지게 만들었다. 시간이 갈수록 위축되었고 누군가 내 사라진 다리를 볼까 봐 겁이 났다. 밤이면 사라진 발가락에서 이른바 '환상통'이란 통증이 느껴져 잠을 이룰 수가 없었다. 상상조차 해 본 적 없는 일이 내게 일어났다고 생각할수록 억울하고 분하기만 했다. 내 잘못으로 발생한 사고인데도 마치 누군가가 내게 상해를 입힌 같아 참을 수가 없었다.

그때까지도 나는 내 문제에 대한 답을 나 자신이 아닌 세상으로부터 구하려고 했다. 모든 문제의 답은 스스로 찾아야 한다는 부처님의 가르침 따위는 털끝만큼도 생각해보지 않았다. 내가 원하기만 하면 무엇이든 가질 수 있고 비위에 거슬리는 것들에게는 가차 없이 힘자랑을 하곤 했다. 예부터 남자 나이 스물이면 약관이라 갓을 쓰고 어른으로서의 예의를 갖추어야 했다. 한 가정의 가장이 될 수도 있고 누군가는 나라를 위해 목숨을 바치기도 하고 또 누군가는 예술로 세상을 이롭게 하는 이들도 있다. 그 나이면 무슨 일이든 할 수 있는 패기와 용기, 사리를 분별할 수 있는 지혜가 있다는 뜻일 것이다.

하지만 나는 고작 내 한 몸조차 제대로 돌보지 못해 장애자가 되었고 정신은 피폐해져 사납고 날카롭기만 했다. 야생마처럼 달리던 사람이 목발 없이는 화장실 출입조차 불가능하다 보니 가슴에 화가 쌓이기 시작하면서 찾아오는 사람들과도 대면하기가 싫어졌다.

그런 복잡한 내 심정을 제대로 알 리 없는 친구들은 조금이라도 위로해주려고 자주 병실을 찾아왔다. 개중에는 좋아하는 여자 친구까지 문병을 오겠다며 전갈이 왔지만 나는 거절했다. 허세로 가득했던 내가 어찌 초라한 몰골을 여자 친구한테 보여줄 수 있겠는가. 그 순간은 여자 친구에 대한 감정이 한없이 초라해진 나를 이기지 못했다. 발 아래로 보였던 세상이 나를 깔보고 짓누르는 것만 같아 원망만 가득했다. 때문에 사라진 내 다리의 흔적을 온전히 볼 수 있는 사람은 의사와 간호사뿐이었다.

꽤 오랜 시간 이와 같은 우울 증세를 보이자 어느 날 의사가 부르더니 내 앞에 어떤 환자 하나를 세워놓았다. 나처럼 다리를 잘라낸 사람이었는데, 의족을 달아 감쪽같이 걷고 있었다. 얼핏 보기에도 그 환자는 멀쩡한 사람처럼 잘 걸었다.

처음에는 약간 불편하지만 익숙해지면 새 이를 해 넣은 것처럼 더 튼튼하고 좋다고 했다. 아무리 그렇더라도 내 다리만 할까 싶어 처음에는 말을 듣지 않았다. 의족을 끼고 병원 밖으로 나가는 순간부터 나는 절름발이 신세로 살아갈 것이 뻔했다. 전쟁에 나가 다리를 잃고 돌아온 상의 군인들을 볼 때마다 내가 꼭 그런 신세로 전락할 듯했다. 상의 군인들이 다리 없는 바지를 입고 바람에 펄럭거리며 지나가는 걸 보면 안타깝기보다 이물감이 느껴져 보기 싫었다. 나도 그들과 같은 신세로 살아야 한다고 생각하니 미칠 노릇이었다. 내게 도전이 아닌 동정의 시선들이 달라붙을 것이고 뒤돌아서면 자업자득이라는 말로 비웃을 텐데, 그들 앞에서 절름발이 노릇을 할 수는 없었다.

하지만 고집을 피울수록 부모님과 진정으로 날 생각하는 친구들의 맘고생은 심해졌다. 특히 어머니는 내 곁에서 한시도 떨어지지 않고 수발을 들었다. 다른 어머니도 나를 위하는 마음이 컸지만 친어머니는 당신 자식이 병신으로 살아야 한다고 하니까 입에 거품을 물며 바닥으로 쓰러지셨다. 부친 때문에 독하지 않고는 살 수 없었을 어머니도 자식 앞에서는 무너졌다. 당신한테 죄가 커 그렇다며 내 다리를 볼 적마다 눈물을 흘리셨는데, 그 손 한번을 잡아주지 못했다. 나만 생각하느라 어머니가 겪었을 고통과 참담함은 눈에 들어오지 않았다.

어머니가 눈물을 흘릴 때마다 모든 책임이 어머니한테 있는 양 성질만 부렸지 내 책임이 무엇인지는 돌이켜보지 않았다. 어찌 보면 어머니와 나는 각자 오래전부터 끌어안고 살아온 외로움과 슬픔을 섞지 않으려 일부러 더 데면데면하게 굴었던 것인지도 모른다. 내 한쪽 발이 되어주었던 어머니께서는 그걸 알면서도 부모 된 죄인임을 한 번도 잊지 않았고, 눈치를 봐가면서 수시로 날 설득했다.

우울증에서 벗어나려면 한시라도 빨리 예전의 내 세상으로 돌아가야 한다고 했다. 몸의 문제보다 마음의 문제가 더 심각했던 탓이었다. 나도 더 이상은 병원에 갇혀 있기가 싫었다. 그리고 언제까지 목발을 짚고 다닐 수도 없고 가만히 생각해 보니 의족보다 더 좋은 방법도 없어 보였다.

더 강해진 다리로 세상을 공격하다

　부친이 의사와 상의해서 내 다리에 딱 맞는 의족을 맞춰와 신어보라고 했다. 사라진 발가락과 발등, 뒤꿈치 모양이 정교하게 만들어진 의족이었다. 따뜻한 느낌은 없지만 전혀 흉물스러워 보이진 않았다. 종아리에 의족을 끼우고 똑바로 일어나 걸어보니 생각보다 크게 불편하지도 않았다. 자연스럽게 걸어지지는 않았지만 스텝이 꼬이지는 않았다. 영찬이와 다른 친구들도 다시 걷게 된 나를 축하해주었다. 새 사람이 된 것은 아니지만 새

다리를 달았으니 더 이상 기죽어 살 이유가 없었다. 의사도 자꾸 걷는 연습을 해야 의족에 적응을 한다고 말했다.

명분도 생겼고, 그동안 답답하게 살았다는 이유를 들어 나는 잠시 접었던 활동을 다시 시작했다. 내 주변에는 항상 날 따르는 친구들이 있었고 그들과 함께할 수 있는 일들은 많았다.

더구나 내 오랜 공백이 그리워 힘들었다고 말하는 친구들이 있어 나는 전보다 더 활동 범위를 넓혔다. 그래봤자 패거리들의 이합집산 정도였지만 건강한 가치관 없이 살던 그때는 그러한 활동이 마치 시대를 풍미하고 선도해 나가는 무슨 영웅처럼 생각되었다. 자른 뼛조각으로 목걸이를 만들고 나머지는 울면서 땅에 묻었다. 사라진 내 신체 일부에 대한 미안함 때문에 나름대로 예의를 갖추고 싶었던 것인지도 모른다.

무엇보다 의족을 한 지 1년 정도 지나자 걷는 데 별 무리가 없었다. 뛰지는 못하지만 걷거나 다리를 들어 올리는 데는 아무 지장이 없었다. 물론 무리하게 걸은 날 저녁에는 통증이 몰려와 잠을 설칠 때가 많았지만 아침이면 아무렇지도 않은 듯 밖으로 나갔다.

전보다 더 강해 보이고 싶었다. 사내들 세계에서 나약해 보이면 진다는 생각뿐이었다. 신용식이 다리 하나 잘렸다는 소문이 청주에 돌자 은근히 맞짱 한번 떠보자는 놈들도 있었다. 그 소릴 듣고 피하거나 가만히 있을 내가 아니었다. 도전은 언제든지 받

신은 내게 사랑과 봉사라는 벌을 주었다

아주고 한번 시작한 싸움은 이길 때까지 물러서지 말자는 것이 내 불안하고도 미숙한 청춘의 가치관이었다.

생각대로 나는 전보다 훨씬 강해져 있었다. 의족은 상대를 공격하거나 방어하기에 좋은 무기였다. 예전 같지 않을 거라 얕잡아보고 덤볐던 놈들은 내 의족 맛을 보고는 혀를 내둘렀다. 이가 없으면 잇몸으로 산다는 말이 맞았다. 한쪽 발목이 사라진 대신에 다른 쪽 다리는 더 강해지고 유연해져 자유자재로 움직이는데 아무 불편함이 없었다. 그걸 증명이라도 하듯 나는 전과 조금도 다름없는 생활을 계속 이어나갔다.

고작해야 나보다 힘들고 어렵게 사는 사람들을 괴롭히고 겁박하는 일이었지만 나는 그것이 내 힘과 세력을 넓혀나가는 방법이라고 생각했다. 고아원에서 자립해 나온 애들이 조직을 이뤄 청주시내 여러 곳에서 구두닦이를 했는데, 그들과 툭하면 싸움을 했다. 먹고 살기 위해서 몸부림치는 그들을 상대했다는 것부터가 비겁한 짓이었는데, 나는 오로지 힘겨루기에서 이겨야겠다는 생각만 했다. 사람이 아니라 수컷으로의 힘자랑에만 여념이 없었던 것이다. 가장 친한 영찬이하고도 그처럼 숱하게 싸운 것 역시 여자를 갖기 위한 수컷들의 치열한 전투일 뿐이었다. 복싱 선수 생활을 한 영찬이와 외발이가 싸움을 하다니, 처음에는 비웃던 친구들도 우리 두 사람의 복수혈전 같은 싸움에 혀를 내둘렀다. 자신이 찍어 놓은 여자를 다른 상대한테 빼앗기면 자존심이 상한다고 생각한 나머지 한 인격을 물건처럼 취급하며 매번 싸웠지만 영찬이는 여전히 내 친구였다.

　술과 여자가 있는 곳에는 언제나 사내들이 있기 마련이고 막판에는 싸움질이 기정사실화되었다. 당시에는 폭력행위에 관한 처벌법이 엄격하지 않아서 양측이 서로 합의만 보면 끝이었다. 나랑 함께 노는 친구들은 하나같이 청주의 유력 인사집안 자제들 아니면 부잣집 자식들이었다. 한마디로 유전무죄 무전유죄有錢無罪 無錢有罪였다. 돈이 있고 백이 있는 놈들은 피 터지게 싸움질하고도 돈으로 합의를 볼 수 있지만, 돈이 없으면 합의하지 못해 옥살이하는 수밖에 없었다. 지금은 폭력행위에 관한 처벌법이 강력해서 형사처벌을 감수해야 하지만 그때는 법보다 주먹이 가깝던 시절이었다. 그러다 보니 내 열등감으로 생겨난 성질과 의족의 힘은 감히 누구도 감당하지 못했다.

신은 내게 사랑과 봉사라는 벌을 주었다

「청소년선도자활회」를 만들다

　처음부터 어떤 조직을 만들어야겠다는 생각을 한 것은 아니었다. 친구들을 좋아하고 몰려다니다 보니 거슬리는 다른 친구들과 싸움을 하게 되었고 그러다 보니 청주에서는 신용식을 당할 사람이 없다고 소문이 난 것이다. 그렇게 나를 따르는 친구들이 하나둘씩 늘어나면서 덩치가 커지다 보니 모임을 만들면 어떨까 하는 생각이 들었다. 외부에서는 나를 비롯해 모두가 사건 사고나 만들고 다니는 문제 있는 청년들이라고 생각했다. 틀린 소리는 아니지만 모두가 다 그런 것은 아니었다.

변명을 하자면, 공부에 뜻이 없어 방황하다 보니 마땅한 직장을 구하지 못했을 뿐이었고, 젊은 혈기에 참지 못하고 주먹을 휘둘러 경찰서 몇 번 다녀온 것뿐인데, 우리는 어느새 올바른 청년의 이미지에서 한참 벗어나 있었다. 한 번의 실수나 사고에 대해 우리 사회가 바라보는 시선은 냉정하고 차갑기만 했다. 그 차가운 세상의 눈들이 나 같은 사람들을 점점 어둡고 후미진 곳으로 몰아갔다는 생각도 해본다. 물론 말도 안 되는 변명이겠지만 가끔은 친구들과 그런 이야기를 나누며 세상을 향해 섭섭함을 드러낸 적도 있었다.

내가 의견을 내어 친구들과 '청소년 선도자활회'라는 모임을 만든 것도 이미지 회복을 하고 싶어서였다. 청소년선도는 당시 경찰이 건전한 청소년 육성을 위해 비행을 방지하고 복지를 도모하자는 취지로 가정이나 학교에 전달한 사항이었다. 청소년들의 비행을 방지하기 위해서 위험청소년을 발견하면 주의 깊게 살피고 선도에 신경 쓰자는 캠페인이었는데, 영악하게도 내가 그걸 주도한 것이다. 비행청소년의 전형이었던 내가 주도해서 '청소년 선도자활회'라는 모임을 만들었으니 다른 사람들이 보면 개가 웃을 일이었을 것이다.

하지만 나는 선후배가 순수한 마음으로 만나 서로 돕고 놀자는 뜻이었다. 싸움질로 정이 든 관계도 있었지만 스무 살 안팎의 어렵게 생활하는 애들을 중심으로 자활할 수 있도록 서로 돕자는 취지가 더 컸다. 내가 '청소년선도자활회'를 만들어 좋은 일을 하겠다고 하자 처음에는 믿지 않는 눈치였지만 경찰서장과 부시장까지 나서서 도와주겠다고 했다. 선배들이 자문위원을 맡고 나는 회장 역할을 맡았다.

당시는 경찰들이 닭장 버스를 세워놓고 사고치고 돌아다니는 청소년들을 모두 잡아가던 시절이었다. 그들을 경찰서 상무관에 모아놓고 훈방이나 훈시를 한 다음에 풀어주었다. 한번은 상무관에 잡혀온 애들에게 존경하는 사람이 누구인지 설문조사를 했더니 하나 같이 신용식이라고 말했다는 소문이 들려왔다. 설문조사를 했던 경찰도 기가 차서 할 말을 잃었다고 했다. 평범한 애들이라면 장래 희망으로 이순신 장군이나 세종대왕 아니면 대통령이나 변호사, 의사 등 사회 지도층으로 성공하고 싶은 꿈이 있어야 옳은데, 주먹이나 쓰는 나 같은 놈을 닮고 싶다고 했으니, 기가 막혔을 것이다. 그러잖아도 무슨 빌미만 생기면 나를 잡아넣으려고 혈안이었는데, 애들 입에서 내 이름이 나왔으니 나는 다시 한번 경찰들의 표적이 되었다. 나를 잡아야 승진할 수 있다는 소문까지 공공연하게 돌면서 내 일거수일투족은 감시의 대상이 되었다.

본의 아니게 나는 힘없고 빽없는 불량 애들의 영웅이 되어 있었다. 웃을 수도 그렇다고 드러내놓고 뿌듯해 할 수도 없는 소리였지만, 한편으로는 내가 애들을 무식하게 패기만 한 것은 아니구나 싶어서 다행이라는 생각이었다.

물론 소란이 적지는 않았다. 혈기 왕성한 젊은 애들을 통제한다는 것은 결코 쉬운 일이 아니었다. 그러다 보니 부당함을 제압한다는 명목으로 힘을 쓰지 않을 수 없었다. 나름으로는 동네 똘마니 조폭이라는 소리를 듣지 않으려고 정의로운 일에 앞장서려고 폼을 잡기도 했지만 생각과 달리 모임은 점점 날 추종하는 세력들이 늘어나면서 조직이 되었고, 덩치가 커지자 시기하는 세력과 도전하는 세력들과의 불협화음이 마찰로 충돌하기 시작했다. 청소년 선도와 자활을 돕자는 애당초 취지가 변절되고 무색해지면서 청주에서 활동하는 깡패조직이라는 낙인만 찍히고 말았다.

나 역시 추종하는 세력들이 생기니 어깨에 힘이 들어가 눈꼴사나운 행동들을 하기 시작했던 것이다. 의도는 어려운 애들의 자활을 돕겠다고 해놓고선 선의가 아닌 힘과 강압으로 그들을 대하다 보니 처음의 취지가 갈수록 무색해진 꼴이었다.

우리 조직이 커지자 경찰에서도 주시하기 시작했다. 청주뿐만 아니라 충북지역 일대에서 무슨 일만 터지면 우리 조직이 관련된 것은 아닌가 내사하기 시작했고, 열 건 중 반 이상은 피해갈 수 없었다. 나와 의도치 않게 사건에 가담한 애들도 생겨났고, 내게 과잉 충성과 의도를 잘못 읽어 저지르는 실수와 사고가 생겨나기 시작하면서 청소년선도 자활은 그야 말로 말뿐인 폭력조직이 되고 말았다.

정상적인 사회에 속해 있지 못하다는 것은 그만큼 가정환경이 좋지 못하다는 뜻이었고, 조직이 많아진 것은 당시 사회가 얼마나 어렵고 엄격하지 못했는지 알 수 있다. 먹고 살기 힘들고 자신을 받아줄 곳 없는 애들이 갈 곳은 조직이었다. 위험한 줄은 알지만 조직에 들어가면 일원으로서의 자부심도 가질 수 있고 자신보다 힘이 센 누군가의 보호도 받을 수 있으니 유혹에 쉽게 빠질 수밖에 없다. 나는 잘못된 영웅심으로 발을 들였지만 내가 본 조직원들은 대개가 어려운 가정형편을 핑계로 잘못된 가치관을 가진 애들이었다. 비교적 유복하게 성장한 나는 그들의 어려움도 챙겨주고 큰 형님으로의 위상도 지키고 싶었다.

조직의 회장을 맡고 있던 나는 당연히 경찰은 물론 전국의 조직폭력배들로부터 감시와 도전의 대상으로 알려졌다. 툭하면 경찰서에서 불렀고 툭하면 다른 조직원들이 시비를 걸어와 싸움을 피할 수가 없었다. 병신 주제에 조직폭력배의 수장으로까지 불리다 보니, 나는 그야말로 기고만장의 끝을 달리고 있었다. 브레이크 없는 자동차처럼 나를 따르고 추종하는 선후배들에 의해서 나는 계속해서 달릴 수밖에 없는 운명으로 치달았다. 조직의 세력이 커졌다는 것은 그만큼 먹여 살릴 식구들이 많아졌다는 뜻이다. 청주는 지역이 좁은 반면 행세깨나 하는 양반들이 생각보다 많이 살았다. 그들은 개인적인 이권 싸움이나 분풀이를 위해서 우리 같은 사람들의 손을 빌렸다. 건달들이 가장 잘 할 수 있는 일을 해주고 대가를 받다보니 그 일이 정당한 일로 여겨졌다.

싸움의 법칙에는 '이에는 이 눈에는 눈'이라, 절대로 끝나지 않는 것이 싸움이다. 더구나 돈을 가진 사람과 돈이 필요한 사람들은 법의 눈치를 보기보다 쉽고 간단한 방법으로 취할 수 있는 불법을 선호하기 마련이다. 그들은 절대로 자신들의 손에 똥과 피를 묻히려 하지 않기 때문에 제3자의 힘이 필요하기 마련이다. 하지만 나는 힘을 도구삼아 직접 돈을 챙기지는 않았다. 돈 때문에 누군가를 죽이라고 해 본 적도 없었고, 조직원들한테 돈을 가져오라고 협박하지도 않았다. 요식업을 하는 사람들은 당연히 나한테 돈을 바쳐야 되는 줄 알고 돈 가방을 들고 나타났지만 어린 마음에도 돈에 눈이 멀어 조직원들을 배신하거나 닦달하지는 않았다. 법보다 주먹이 가까운 현실을 악 이용하는 사람들이 넘쳐나는 이상 우리 같은 사람들은 언제나 준비되어 있었다.

내가 속한 세계에서는 내가 권력의 중심이었다. 가족과 평범한 세상으로부터 너무 멀리 와 버렸지만 내가 잘할 수 있는 일은 헛된 영웅심과 알 수 없는 분노로 나 스스로를 지키는 것이었다.

신은 내게 사랑과 봉사라는 벌을 주었다

부모님에게는 가장 아프고 고통스러운 자식임을 알면서도 당시에 내가 돌아갈 집은 더 이상 존재하지 않았다.

한국
신체장애인
복지회

우리 나라 장애인 단체의 효시인 한국신체장애인복지회는 1981
년 10월 설립됐으며, 국내 단체로는 유일하게 국제연합(UN)에
등록돼 있다. 나는 14대, 15대 회장을 맡아 한국신체장애인복지
회 중앙회를 2009년부터 2017년까지 이끌어왔다.

임기동안 가장 노력을 기울인 것은 장애인 스스로 힘을 길러 목
소리를 내고, 자활·자립할 수 있는 환경을 마련하는 것이었다. 이
를 위해 장애계가 한목소리를 낼 수 있도록 장애단체들과 뜻을
모으기 위해 힘을 쏟았다. 진정한 장애인복지란 장애인과 비장애
인 구분 없이 '우리'라는 단어로 하나가 되는 사회일 것이다. 그날
을 앞당기기 위해서라도 내 능력이 닿는 한 최선을 다하고 싶다.

"장애인, 비장애인 구분 없이
'우리'라는 단어로 하나가 되길 바라며"

2018 자랑스러운
충청인 대상

장애인운동을 통해서 많이 배웠는데, 상까지 준다고 해서 처음에
는 믿지 않았다. 나 같은 사람한테 상을 주다니! 설마 해서 몇 번
을 물었다. 상 받으러 가기 전날 밤 나는 쉽게 잠들지 못했다. 아
내는 결국 내 그런 모습에 또 웃음이 터지고 말았다.

"당신 그동안 참 잘했어요! 힘든 일 겪으면서도 해낸 걸 보면 당
신 참 대단한 사람이에요."

아내의 말에 순간 목구멍이 뜨거워졌다. 아내의 그 한마디는 거
칠게 살아온 내 인생을 위로하고 보상하는 최고의 찬사였다. 그
렇게 설레는 밤을 보내고 이튿날 상을 받으러 서울로 출발했다.
청주에서 63빌딩까지는 두 시간 남짓 되는 거리였지만 나는 준
비한 수상 소감을 되뇌느라 시간 가는 줄 몰랐다.

나는 많은 사람 앞에서 다시 한번 나의 소명을 다짐했다. 장애인
의 복지와 발전을 위해서 더 열심히 사랑과 봉사를 실천하겠노라
고 말이다.

신은 내게 사랑과 봉사라는 벌을 주었다

2부

주먹과
협객

스물여섯,
세력을 키우기 위해
서울로 진출하다

　충청도 조직의 보스로 입지를 굳힌 나는 세력을 확장하기 위해서 서울로 갔다. 아무리 조직이 튼튼하다고 해도 지방 조직은 서울과 견주면 열악할 수밖에 없었다. 이미 전국의 조직과 보스의 계보를 알고 있던 터라 내 위치가 어디쯤인지도 알고 있었고, 아무리 내가 뛰어난 주먹을 가졌다고 해도 서울에 있는 형님들하고는 비교할 수가 없었다. 조직도 보스의 역량에 따라 궤멸할 수도 있고 성장할 수도 있었다. 나의 야망은 조직의 성장이었고

　　　　　　신은 내게 사랑과 봉사라는 벌을 주었다

그러려면 더 큰 세계로 나가야 했다.

아마 스물여섯쯤이었을 것이다. 1970년대 후반의 서울은 빠르게 변하고 있었다. 고등학교에 다닐 때보다 더 화려하고 번화했다. 친구들을 만나러 가끔 서울을 방문하기는 했지만 세력 확장을 위해 본격적으로 진출한 것은 딱 그 시점이었다.

나 말고도 지방의 다른 조직들 역시 하나둘씩 서울로 진출하고 있었는데, 나를 처음 대한 사람들은 내가 전라도에서 온 줄 알았다고 했다. 충청도 사투리가 전라도 사투리와 비슷해서 내가 사투리를 진하게 쓰면 전라도 사람인 줄 착각할 수도 있었다. 특히 경상도 사람들은 지역적 감정이 있어 그런지 전라도 사람들에 대해 호의적이지 않았다. 어느 때는 그들을 골탕 먹이려고 일부러 전라도 사투리를 흉내 내기도 했지만 각 지역에서 몰려든 인간들 속에서 존재감을 드러내기란 여간 쉽지 않은 일이었다.

서울로 진출한 조직원들의 무대는 주로 호텔 나이트클럽이나 음악 감상실 등 명동을 중심으로 모여 있는 규모가 큰 주점 등이었다. 술과 음악이 있고 화려한 불빛이 있는 곳에는 언제나 사람들이 몰려들었고 사람들을 따라 돈이 몰렸다.

소위 시대를 앞서간다는 예술가들이 너나없이 명동과 충무로를 중심으로 움직였다. 문화를 향유하기 위해서는 자본이 필요하고 사람들은 그걸 소비하기 위해서 밤마다 불야성을 이뤘다.

나도 서울에 세력을 만들려면 그곳이 필요했고, 명동과 충무로 동대문 일대에는 나와 같은 목적을 가지고 상경해서 어슬렁거리는 여러 조직원들이 있었다.

　제4세대 주먹들은 주먹의 전통성을 무너트린 채 칼과 야구방망이로 무장해 무지막지한 폭력을 행사하기 일쑤였다. 우리 세계에서 1세대 출신 김두한 씨와 이정재 씨, 시라소니 같은 사람들의 모습은 동경의 대상이었지만, 4세대 주먹세계로 내려오면서 양아치 주먹조직으로 변한 것이다. 일찍이 조선 최고의 주먹이라고 불린 김두한 씨는 좌익 척결을 위해 대한청년단 감찰부장을 맡았었다. 이후 김두한 씨가 정계로 진출하자 씨름선수 출신 이정재 씨가 그 자리를 맡았다. 또한 명동파를 이끌던 이화룡 씨도 자유당 실력자들과 결탁해서 잦은 영역싸움에 휘말렸지만 5·16 군사정부가 들어서면서 전국의 깡패 소탕작전 명령이 떨어졌고 이정재 씨가 가장 먼저 처형당했다. 이화룡 씨도 사형을 당하진 않았지만 이정재 씨 조직원들한테 집단 폭력을 당해 조직에서 은퇴했는가 하면, 시라소니는 이정재 씨의 사형에 충격을 받아 기독교로 귀의했다. 이렇게 1세대 주먹이 몰락하자, 은퇴한 이화룡 씨의 행동대장을 맡았던 신상현 어르신이 '신상사'라는 별명으로 2세대 주먹으로 등극했다.

　조직의 계파와 세대를 모두 기억할 수는 없지만 시대를 주름잡았던 주먹들을 빼놓고 나를 설명할 수 없기에 기억을 다시 더 듣는다. 신상사 신상현 어르신, 조창조 큰형님, 최창식 큰형님, 이강환 큰형님, 이신형 형님 이들과 어깨를 나란히 했던 또 다른 2세대 주먹은 충청권의 조일환 큰형님이었다. 조일환 큰형님에 대한 일화는 전국의 조직원들 사이에서도 유명했는데, 육영수 여사 피살사건 당시 단행한 단지 사건 때문이었다. 그는 일본에 대한 분노가 극심했던 나머지 부하들과 함께 손가락을 잘라 항의 표시를 했다. 말년에는 목사 안수를 받은 뒤 주먹 세계에 있는 후배들에게 교화강연을 다니기도 했다. 1세대 이정재 씨에 이어 2세대 조일환 큰형님까지 2009년에 사망하자 주먹 세계는 더이상 협객이라는 이미지를 쓸 수 없을 정도로 타락했다.

하지만 그때는 주먹으로 얻을 수 있는 돈과 권력에 취해서 폭력의 끝이 몰락이라는 사실을 예견하지 못했다. 전국의 힘 있는 조직들이 서울로 입성하면서 명동과 청량리 동대문 일대는 이들의 크고 작은 이권 싸움으로 적잖이 시끄러울 때가 많았다. 자본이 있어야 조직을 거느릴 수 있기 때문에 밥그릇 싸움은 갈수록 치열해졌고, 그러면서 조직도 성장하거나 소멸되었다. 당시에는 택시가 많지 않았던 터라 번화가에서는 택시 잡기가 매우 어려웠다. 조직원들이 시발택시에 손님을 태워주고 돈을 뜯는가 하면, 구두닦이 하는 애들한테 자릿세를 받기도 했다. 또한 극장 기도를 봐주고 돈을 뜯는가 하면 노점상등을 상대로 일수처럼 돈을 갈취해서 조직의 운영비를 만들었다.

그야말로 깡패의 전형을 보여주는 가장 치졸하면서도 비열한 방법으로 조직의 운영자금을 마련했다. 큰 조직들은 비즈니스라는 명분을 만들어 푼돈이 아닌 큰돈을 굴리기도 했지만 대부분이 정당한 방법이 아니라 불법으로 취득하는 경우가 많았다.

지금은 상상하기 어려운 일이지만 당시에는 부실한 사회구조 탓에 백주대낮에도 불법이 활개를 치는 일들이 가능했다. 돌이켜보면 불법과 합법의 차이조차 인식하지 못하고 살던 사람들끼리 벌인 전쟁이라는 생각 밖에는 들지 않는다.

신은 내게 사랑과 봉사라는 벌을 주었다

곽우영, 내게 아버지이자 큰형님 같은 존재였다

    다른 조직원들처럼 치졸한 방법으로 돈을 만들기는 싫었다. 무슨 방법이 없을까 고민하던 차, 충북대 출신 레슬링 선수를 지낸 곽우영 형님의 연락을 받게 되었다. 형님과는 청주에서부터 인연이 있었으나 형님이 누나의 부름을 받고 서울로 가는 바람에 소식이 소원해졌다.

    청주와 서울을 오가면서 시간을 보내고 있을 때, 형님이 먼저 만나자는 연락을 해왔다. 형님은 전부터 다른 선배들보다 날 더 많이 신경 써주었고 내가 깡패로 지내고 있는 걸 몹시 안타까워했다. 가난한 사람 등쳐먹지 말고 정당한 사업을 해서 독립해야 한다고 말하며 청주에 있을 때부터 건달의 세계에도 근본이 있음을 강조했다.

그는 성북에 있는 가든 타워에 사무실을 얻어놓고 한창 극장 사업에 열중하고 있었다. 그가 크게 돈을 번 영화는 김희갑과 황정순 주연의 팔도강산이라는 영화였는데, 팔도강산에 흩어져 사는 여섯 딸들 집을 방문하는 노부부의 이야기다. 흑백 티브이조차 서너 집 건너 한 집꼴로 있던 시대라 드라마의 파급력도 컸고, 영화산업도 빠르게 성장할 때였다. 드라마 별들의 고향과 영화 바보들의 행진도 젊은 청춘들은 물론이고 남녀노소 할 것 없이 그 인기가 폭발적이었다. 빠른 도시 산업화에 떠밀려 불안한 청춘들과 멋과 낭만을 좇는 사람들이 음악과 영화를 접할 수 있는 곳은 공연장이나 영화관이었다. 서울에서 유학생활을 한 나로서는 그러한 문화가 익숙했지만 지방에서 막 상경한 건달들에게는 엄청난 신세계였을 것이다.

명동이나 충무로 쪽에 나가보면 애 띤 남자들이 서너 명씩 모여 있었는데, 하나같이 포마드 기름을 발라 2대 8 가림마를 하고 있었다. 한껏 멋을 내느라 빌려 입은 듯 시커먼 양복에 시커먼 구두를 무슨 유니폼처럼 입고는 눈에 잔뜩 힘을 주고 주변을 경계했다. 딱 봐도 지방에서 상경한 어느 조직원들이었다. 그러다가 비슷한 조직원들의 심기를 건드리면 대로변에서 주먹질을 하거나 으슥한 골목으로 유인해서 칼부림을 하는 것이 예사였다.

나 역시 사업을 핑계로 음악다방과 영화관을 내 집 드나들듯 하면서 다른 조직원들과 자주 부딪쳤지만 가급적이면 소란을 만들지 않으려고 애를 썼다. 그러나 건달세계에서 비겁하게 도전을 피했다고 소문이 나면 그 역시 명예롭지 못한 일이라 정당한 도전은 받아들이고 힘자랑은 함부로 하지 않았다. 형님이 날 찾은 것도 아마 서울에서 함부로 힘자랑하며 지낼까 봐 걱정이 되어 그랬을 것이다.

반가운 마음에 형님이 만나자는 약속장소로 한걸음에 달려갔다. 그는 예전보다 훨씬 더 자신감 있어 보였다. 영화산업으로 돈을 벌어 그런지 사무실에 드나드는 사람들도 많았고, 세상을 바라보는 의식도 전과 다른 분위기였다. 나를 본 그가 반가워 악수를 청했다.

"용식아, 오랜만이다."

"형님, 진작 찾아뵤야 했는데, 용식이 인사 올립니다."

"네 소식은 들어 알고 있어. 이제 새로운 일을 좀 해봐야
지."

그가 말하는 내 소식이란 폭력사건으로 수감되었다 나온 것을 두고 하는 말이었다. 그 전에 나는 다른 조직원들과의 불화로 한바탕 싸움을 벌여 두어 번 잡혀 들어갔었다. 좁은 지역에 조직이

많다 보니 밥그릇 싸움도 잦았고 조직원들끼리의 충돌도 많아서 툭하면 사고가 발생했다. 조직원들을 보호하고 함께 살아남기 위해서 자잘한 이권 문제에 가담하지 않을 수 없었다. 웃기는 변명이라고 할 수도 있겠지만 어떤 일이든지 깡패가 개입되면 무조건 조직폭력 연루로 뒤집어씌우는 사회 분위기 속에서 내 손짓과 발짓은 물론 말 한마디조차 세상의 감시 대상이 되었다.

누군가와 순수하게 밥 한 끼만 먹어도 경찰에선 의혹의 눈길로 보았고, 어딘가 움직이기만 해도 사건이 발생할 것처럼 지켜보았다. 늘 먹잇감으로 덫을 쳐놓고 기다리다 보니 걸리는 것은 시간문제였다.

형님은 나에 대해서 누구보다 잘 알고 있었고, 길지는 않지만 그사이 여러 번 교도소 출입을 하는 바람에 청주에서 요주의 인물이라는 사실도 잘 알고 있었다. 형님이 편한 것은 나에 대해서 설명할 필요가 없기 때문이기도 하지만 그 또한 조직의 세계를 모르지 않기 때문이었다. 잘 아니까 마치 익숙한 옷처럼 나를 대했고 챙겨주려고 한 것이었다.

"형님, 제 주제에 무슨 새로운 일을 하겠어요. 능력도 없고 다리병신인데…."

신은 내게 사랑과 봉사라는 벌을 주었다

솔직히 나는 늘 열등감에 시달렸다. 아무리 조직의 대장 노릇을 하고 그들이 나를 우러른다고 해도 나 스스로 병신이라는 열등감에서 벗어날 수가 없었다. 한쪽 다리가 사라진 이후부터 내 인생은 반쪽짜리였다. 겉으로는 환하게 웃고 주먹을 휘둘렀지만 그것은 열등감을 감추기 위해서 일부러 더 센 척, 강한 척, 독한 척했던 것이다. 곽우영이 친형 같고 아버지처럼 느껴졌던 것은 그런 내 속마음을 누구보다 잘 알고 이해해주기 때문이었다.

"용식아, 나랏일 하다가 쉬고 계신 분이 있는데, 그분이
　사람이 필요하다는구나."

나랏일 하던 사람이라고 하니까 내키지 않았다. 그 나랏일이라는 것이 얼마나 위험한지 중학교 때 당해봐서 더 이상은 그런 일에 상관하고 싶지 않았다.

"형님, 저 같은 전과자를 무슨 일에 써먹으려고?"

"용식아, 너 초대 국무총리 하시던 정일권이라는 사람
　아니?"

청주지역 국회의원이라면 몰라도 국무총리를 알 턱이 없었다.

"형님, 제가 어떻게 국무총리를 알겠어요."

"용식아, 우리 매형이 그 정일권 총리 비서실장을 지냈
　는데, 사람을 좀 소개시켜 달라고 한 모양이야. 가만히
　생각해 보니 용식이 너만 한 사람이 없을 것 같아서 매
　형한테 추천했다."

설명하자면, 정일권은 자유당시절 평양 출신으로 백선엽 장군과 함께 양대 산맥으로 통했다. 본래는 장군이었으나 국무총리로 더 알려졌고, 박정희 정부 때 초대 총리를 지냈다.

박정희와는 나이가 동갑이고 만주 사관학교 선후배 사이로 알려져 그에 대한 신뢰가 컸을 뿐만 아니라 외교에도 능통해서 5·16 당시에는 주미대사를 지내기도 했다.

그런 그가 무슨 일로 나 같은 사람이 필요하다는 것인지 한편으론 궁금하기도 하면서 겁도 났다. 나랏일 하는 높은 사람들과 인연을 잘 못 맺으면 더 큰 문제에 휘말릴 수도 있기 때문이었다. 그렇지만 형님이 나를 생각해서 소개한 자리라 싫다고 할 수도 없었다.

"형님, 제가 어떻게 그런 분과 인연을 맺어요?"

내가 순진한 표정으로 웃자 형님도 덩달아 웃으며 말했다.

"좋은 일 하자는 뜻일 테니 걱정할 거 없어."

그날 형님과 나는 간만에 만나 진하게 회포를 풀었다. 동향의 선후배가 만났으니 허리띠 풀어놓고 맘껏 마신들 뒤 걱정할 일이 있을까. 그때는 형님에게 철없이 여자를 만나 시작한 불안한 결혼생활에 대해 넋두리를 했던 것도 같다. 원하는 여자를 가져야 한다는 철없는 생각으로 스무 살에 첫 여자를 만나 아이까지 나았지만 일 년도 채 안 되어 헤어지고 말았다. 사랑해서 결혼한 것이 아니라 끓는 피와 승부욕이 불러온 결과였다. 그리고 또다

신은 내게 사랑과 봉사라는 벌을 주었다

시 부모님의 권유로 두 번째 여자를 만났지만 오래가지 못했다. 무엇하나 나보다 뒤질 것이 없는 훌륭한 여성이었는데, 나라는 인간은 누군가를 책임지고 건사할 수 없는 무책임한 사람이었다. 형님도 그런 내가 조금은 안타까웠던지 취기 끝에 한마디 했다.

　　"용식아, 그만 잊어버려라. 진짜 인연은 따로 있는 법이
　　다."

　무엇이든 결핍이 있어야 소중함을 아는 법인데, 불행하게도 내 주변에는 항상 많은 여자들이 있었다. 건달인 줄 알면서도 접근해 왔고, 범죄자인 줄 알면서도 내게 관심 갖는 여자들이 귀하게 보이기보다는 그냥 쉽게 사랑할 수 있는 그런 존재로 보였다. 유행가 가사처럼 그 시절 나는 마음대로 사랑하고 마음대로 떠나는 한마디로 개종자 같은 인간이었다. 취중 진담이라고 그때 형님한테 그런 말을 했던 것 같다.

　　"형님, 저는 틀린 놈입니다. 누가 저를 인간으로 보겠습
　　니까."

　　너무 취해서 정확히 기억나지는 않지만 형님이 내 어깨
　　를 부추기며 말했다.

　　"용식아, 다 팔자대로 사는 거야. 우리가 무슨 수로 팔자
　　를 거부하겠냐."

　그 팔자라는 말이 묘하게 울렸던 것은 아주 잠깐이었지만 나

에 대한 연민이 생겨 그랬던 것 같기도 하다. 내가 만든 세계에서 살아남으려고 더 강하게 더 폭력적으로 행동하며 살고는 있었지만 나도 인간이라는 병아리 눈물만큼의 연민이 꿈틀했던 것인지도 모른다. 하지만 술이 깨면 나는 다시 내 세상으로 돌아와 전과 다름없는 생활을 이어나가야만 했다.

신은 내게 사랑과 봉사라는 벌을 주었다

국가와 민족을 위한「자유수호구국연합회」

　나는 곽우영 형님의 소개로 정일권 총재와 인연이 닿게 되었다. 이후 정일권 총재의 일을 돕게 되었고, 비서실장으로 있던 신경식과도 안면을 트게 되면서 뜻하지 않은 제안을 받게 되었다.

　정일권 총리를 가까이서 모시고 다니면서 비호도 하고 '자유수호구국연합회'라는 조직을 만들었으니 조직국장을 맡아달라는 것이었다. 자유수호구국연합회 정관의 핵심은 자유민주주의

체제하에서 남북통일이 이루어져야 한다는 것이다. 어느 때보다 국가의 보안문제가 중요했던 시기라 좌경세력을 배격하는 것이 중요한 사안이라고 했다. 무엇보다 정일권 총리가 주체가 되어 만든 조직이라 국민들의 관심도 꽤 높았다.

정일권 총리 같은 역량 있는 사람이 내게 조직국장이라는 책임까지 맡기면서 자신을 도와달라고 하니 나로서는 마다하기가 어려웠다. 국가와 민족을 위한 순수한 이념 앞에서 애국하는 것은 당연한 일이라고 생각했다.

연합회 본부 사무실은 용산구에 있었고, 각 지국마다 국장과 부총재를 두어 관리했다. 내가 맡은 조직국장이라는 자리는 지국을 관리하는 중요한 자리였고 전 총리와도 밀접해서 얼마든지 힘을 쓸 수 있는 자리였다. 지방에서 힘쓰던 건달이 정부 요직에 있던 사람 덕분에 큰 자리를 차지하고 나니, 세상 무서울 것이 없었다.

가는 곳마다 나에 대한 대접이 달랐고, 심지어 힘깨나 쓰는 공직자들까지 내게 잘 보이려 손바닥을 비벼대는 꼴이라니. 그 맛에 길들여진 나는 점점 실세인 척 행동하기 시작했고, 청주에 있는 조직원들까지 서울로 불러들이게 되었다.

자유수호구국연합회의 총재는 정일권 총리가 맡았는데, 그는 주로 용산에 있는 미 8군과 해밀턴 호텔에서 사람들을 만났다. 해밀턴 호텔은 미군들 출입이 많은 곳이라 그런지 호텔의 분위

신은 내게 사랑과 봉사라는 벌을 주었다

기도 이국적이었고, 그곳에서 먹어본 티본스테이크는 지금도 잊을 수가 없다. 정일권 총리는 인간에 대한 예의가 있는 사람이었다.

음식을 먹을 때도 꼭 아랫사람을 먼저 챙겼고, 말 한마디조차 함부로 하지 않았다. 인격과 학식을 두루 갖춘 사람이라 그런지 나는 그분이 무슨 말을 해도 다 들을 준비가 되어 있었다. 그분이 만나는 사람들 대부분은 현 정치인들이었는데, 간혹 가다 내게도 소개를 하며 잘 부탁한다는 소릴 빼놓지 않았다. 나를 깡패 취급하는 것이 아니라 내가 가지고 있는 조직과 힘을 인정해주는 것이었다.

그런 취급은 처음이었다. 깡패를 보면 무서워 피하거나 굴복하는 것이 예사인데, 정 총리가 내게 소개하는 사람들은 대개가 나를 알게 되어 영광이라고까지 말했다. 사람 취급 못 받다가 그런 대접을 받으니 나도 뭔가 출세한 기분이었다.

나하고는 비교도 안 될 정도의 돈과 명예가 있는 사람들이 내게 무엇을 잘 부탁할지는 모르지만 듣기는 좋았다. 나도 그런 부류들과 어울릴 수 있다는 사실이 뿌듯했다.

정 총재는 안기부 직원들한테까지 나를 소개시켰다. 국내 최고라고 치켜세워 주면서 세상 주먹은 신용식으로 통한다는 듯이 말했다.

지국을 설립하러 지역에 나가면 그 지역 경찰서 정보과장들이

협회에 가입할 명단을 넘겨주었다. 자발적으로 가입하려는 사람들이 적다 보니 안기부와 경찰정보통을 이용해서 믿을만한 사람들을 중심으로 단체에 가입하도록 유도한 것이다. 지국이 많아지고 회원들이 많아져야 좌경세력을 배격하고 남북통일을 이룰 수 있다는 총재의 뜻에 따라 지방에 엄청나게 많은 지국과 지부가 생겨났다. 총재의 뜻은 나 같은 건달과 깡패들도 나라를 위한 일에는 누구보다 먼저 앞장서야 한다고 말했다. 나를 인정해주는 사람이라 정일권 총재의 말은 내게 법이나 마찬가지일 때였다.

"용식아, 빨갱이들 때려잡는 역할은 너 같은 협객들이 해야 하는 거야. 정치하는 놈들은 말만 번지르르할 뿐 제 몸 챙기느라 일을 안 한다. 그러니 너 같은 정의로운 협객들이 나서서 이 나라를 지켜라."

그의 말은 항상 묘한 울림을 주었다. 나라를 위한 일이고, 나 같은 협객이 할 일이라고 하니까 내가 마치 중요한 사람처럼 생각되었다. 더구나 국가안보에 일조하는 일이면 당연히 앞장서야 했다.

"용식아, 너 친구들 많지? 그 애들 좀 불러 모아라."

그는 중앙정보부 차장에게 자유수호구국연합회 조직이 잘 운영될 수 있도록 나에게 힘을 실어주라고 당부까지 했다. 김두환과 이정재 씨가 정치적인 인물이 될 수 있었던 배경과 상황을 설명해주면서 나도 그렇게 되길 바라는 눈치였다.

　정일권 총재의 한마디에 나는 전국의 조직원들을 불러 모아 연합하기에 이르렀다. 깡패와 건달로 불리던 그들에게 조직이라는 이름을 붙이고 국가 안보와 관련해 중요한 일을 도모하자고 했더니 그들도 거절하지 않았다. 하여 자유수호구국연합회는 처음으로 전국의 조직원들이 통합하는 계기가 되었고, 전국의 지부를 원활하게 설립할 수 있었다. 전국의 오야붕들 중 몇몇은 먹고 사는 문제를 이유로 신념을 버렸지만 나는 호국정신이라는 신념 하에 모인 호청년 때부터 한 번도 마음을 바꾸지 않았다.

　그리고 당시 나는 정 총리의 제안으로 의정뉴스라는 국회 전문 시사지와 주간 경제신문, 한국신보의 발행인을 겸하고 있어 그럭저럭 먹고살 만했다. 서울에 진출해서 유명 인사들과 어울리며 언론인 행세를 하다 보니 신분도 바뀌었다. 의정뉴스는 한마디로 여권의 입이나 마찬가지였다. 안기부에서 주는 자료를 그대로 싣기도 하고 아니면 내 의견에 따라 편집국장으로 있던 천금성의 손에 의해서 얼마든지 편집해 나갈 수 있었다. 발행부수가 많아 광고비도 크게 들어왔고, 언론의 위력도 무서울 정도로 커졌다.

술과
마약의 늪

  내 능력으로 얻은 자리도 아니고 진짜 권력을 잡은 것도 아닌데, 나는 특권층이라도 되는 양 예전의 모습에서 조금씩 변해갔다.

  잡지와 신문을 통해서 생기는 수입의 일정 부분은 연합회와 내 조직원들에게 내주었다. 돈에 대한 철학만큼은 혼자가 아닌 함께해야 한다고 생각했기 때문에 독식으로 인한 뒤탈을 만들고 싶지는 않았다. 하지만 돈이 생기고 나의 위치를 알아봐 주고 챙겨주는 주변인들이 늘어나면서 나는 갈수록 통제하기 어려운 힘을 과시하고 다녔다. 대한민국을 좌지우지한다는 정치판 사람들부터 연예인, 사업가들과 매일 술을 마시며 형님 동생하며 지냈다. 어쩌면 그때 그 전성기를 잘 유지했더라면 국회의원 배지도 달았을지 모른다. 누군가의 입김 한 번이면 국회의원이 될 수도 있던 시절이었고, 인격과 인품 따위로 시험을 쳐야만 국회의원이 되는 세상이 아니었다.

나 같은 사람이 활보를 하고 다니던 세상이었으니 내가 욕심만 부렸다면 불가능한 일도 아니었다. 그러나 나는 국회의원보다 나를 알아주는 인연들과 먹고 마시고 노는 것이 더 좋았다. 화류계 팔자를 타고 난 것인지 저녁마다 화려한 인간들과 노는 데 빠져 정신이 없었다. 절대 손대지 말아야 하는 마약까지 손댄 것을 보면 파멸로 가는 수순을 밟고 있었던 것이다.

어느 날 저녁 모 의원과 만나 한 모임에 갔다. 무슨 클럽인데 최고 상류층 인사들만 모이는 회원제 클럽이라고 모 의원이 귀띔해 주었다. 굴지의 건설회사 회장 이혼녀도 있었고, 영화나 드라마에서 보았던 얼굴도 여럿 있었다. 연예인과 기업가의 만남은 일반적인 일이라 이상할 것이 없었지만 그곳에서 정치인과 나 같은 사짜 언론인까지 끼어 무슨 얘기들을 하나 은근히 호기심이 생겼다. 내가 언론사 사장이라고 소개가 되자 모여 있던 사람들의 시선이 내게 쏠렸는데, 아마 훤한 인물에 변죽이 좋아 더 그랬을 것이다.

술잔이 돌아가자 분위기는 이내 풀어지기 시작했고, 어둑한 밀실은 이내 희뿌연 연기와 웃음소리로 가득 찼다. 술에 취해서 한껏 흥이 오른 나는 모 의원과 어깨를 나란히 한 채 노래를 불렀다. 술이 술을 부른다고 어느 순간 모여 있던 사람들은 서로에 대한 경계를 모두 풀었다. 그리고 누군가 꺼낸 마약을 돌아가면서 팔뚝에 맞았다. 무슨 정신으로 주사를 맞았는지는 모르지만 그들과 함께 그런 분위기 속에 있었다면 빠져나오기 어려웠을 것이다. 한번 손댄 마약을 끊기란 쉽지 않았다. 또 그들이 부르면 거절하지 못하고 또다시 나가 그들과 함께 어울려 놀다 보니 자연스럽게 빠지게 되었다.

그러나 꼬리가 길면 잡히는 법, 누군가의 밀고가 있었던 듯 경찰의 마약수사가 급작스럽게 이루어지면서 함께 했던 사람들이 하나둘 잡혀가기 시작했다. 소식을 접한 나는 청담동에 있는 프리마호텔에 숨어서 달아날 기회를 엿보았다. 경찰이 이미 신상 파악을 끝낸 터라 각 신문마다 조직폭력배 신용식에 대한 정보가 대문짝만하게 박혀 있었다. 좁혀오는 수사망을 피하려고 프리마호텔에 숨어 있다가 급하게 전화할 일이 생겨 호텔 전화를 썼는데, 그만 발각이 되고 말았다.

전화를 한 뒤 객실로 올라가 잠을 자고 있는데, 갑자기 방문 따는 소리가 나는가 싶더니 경찰의 꼼짝 말라는 소리와 함께 총

신은 내게 사랑과 봉사라는 벌을 주었다

알 한 방이 이마를 비켜나갔다. 겁에 질려 흐르는 피를 닦자니 서너 명의 경찰이 총을 들고 급습했다. 꼼짝없이 손을 들고 나올 수밖에 없었다. 당시 체포되는 장면은 기다리고 있던 기자들에 의해서 생생하게 보도되었다. 신문은 조직폭력배가 힘없이 잡힌 것에 대해 떠들어댔고, 사회 정화 차원에서라도 반드시 마약과 결탁한 폭력조직을 일망타진하겠다는 의지를 보였다. 싸움을 하다 잡혔더라면 그런대로 체면유지는 했을 텐데, 마약사범으로 그것도 호텔에 숨어 있다가 잡혀 나오는 꼴을 보였으니, 조직원들에게 쪽팔린 것은 둘째 치고 그동안 나를 언론인으로만 알았을 사람들의 비웃음도 신경이 쓰였다.

마약문제보다 더 큰 사건은 내 자동차 트렁크에서 나온 마약과 돈다발이 문제였다. 그 돈의 출처가 어디인지 누구한테 전해지는 것인지 밝혀야 했다. 마약이야 돈을 주면 구할 수 있는 문제고 돈의 출처 또한 신문과 잡지를 제작해서 번 것인데, 경찰은 물론 아무도 믿으려 하지 않았다. 나와 친분이 있는 부산의 이강환 큰형님을 비롯해 여운환 까지 조사를 하고 다니는 바람에 본의 아니게 피해를 주게 되었다. 결국 나는 마약법 위반으로 수감되었지만 불행인지 다행인지는 모르나 좋은 인연 덕분에 바로 나올 수 있었다.

이후에도 정신 못 차리고 마약에 손을 대자 한 동생이 내게 말했다.

"형님, 계속 이러시면 애들 다 떠납니다. 제발 정신 차리십시오!"

그때서야 정신이 번쩍 들었다. 나를 믿고 따르는 동생의 말 한마디가 진창에 박혀 있던 내 정신을 깨운 것이다. 나는 정신력으로 버텼고 결국 마약의 늪에서 완전히 빠져나올 수 있었다. 그들과 어울리며 사는 것이 최상류의 삶이라고 착각한 벌을 마약으로 받은 것이나 마찬가지였다.

대한민국의 안보를 위협하는 세력들에게는 언론과 협회를 동원해서 응징을 내렸다.

지금하고는 전혀 다른 세상이어서 가능했던 일이지만, 권력이 얼마나 무서운지 그때 알았다. 우리가 살고 있는 세상을 움직이는 것은 겨우 몇몇의 사람들이라는 것을 알게 되었고, 세상의 부조리를 만드는 것 역시 다수의 움직임이 아니라 소수의 인간들이 세 끗 혀를 놀려 만든다는 것을 알았다. 그렇지만 나도 그들과 부화뇌동했던 처지라 그때는 내가 무슨 짓을 하고 살았는지도 인식하지 못했다.

그러나 시간이 지나면서 자유수호구국연합회는 점차 시들어가기 시작했다. 의정신문도 편집국장이던 천금성이 그만두면서 쇠퇴의 길로 들어섰다. 정일권 총리의 활약도 미약했지만 권력이 커지면서 크고 작은 사건에 자꾸 노출되었던 탓이다. 내 조직원들 또한 나와 상관없이 여러 명이 조직폭력 수괴죄로 수감되자 위 사람들도 나에 대해 조심스러워했다. 아무리 오랜 시간 인간적인 친분을 유지했다고는 해도 나의 근본까지 믿기는 어려웠던 모양이다. 내 입장에선 그들보다 내 조직원들이 우선이라 마음이 불편했지만 그들의 보호를 바랄 수만은 없었다. 자유수호구국연합회는 '우리 국민을 위한 안보적 사상을 가지고 있어야 한다'라고 생각했고.

투쟁은 힘이 있어야 한다는 논리를 받들었는데, 처음 취지와 다르게 흐지부지되면서 호국청년연합회의 전신이 되고 말았다.

「호청련」은 국가의 안보를 위해서 만든 단체였다

　1987년에 결성된 호국청년엽합회(호청련)는 안기부장이던 장세동의 군림으로 호남주먹인 이승완 큰형님이 주도하도록 하여 만든 단체였다. 자유수호구국연합회를 만든 정일권 총리는 자유대한민국을 지켜내기 위해 나라를 걱정하는 젊은 청년들이 뜻을 모을 필요가 있다고 생각하여 호청년을 기획하고, 이승완 큰형님이 맡아 주도하도록 이끈 것이다. 창립회원만 2천여 명에 달했고, 전국 지부에 가입한 학생 수만도 3천 명 가까이 되었다. 자

　　　　　　　　　　　신은 내게 사랑과 봉사라는 벌을 주었다

유수호구국연합회 지국장으로 일했던 경험을 들어 나는 호청련 대변인 겸 총책을 맡았다. 호청련에 대한 애정이 컸고, 존경하는 정일권 총리가 만든 단체라 애국을 한다는 생각으로 누구보다 진심을 다해 열심히 일했다.

막강한 권력을 쥐고 있던 안기부의 명을 받은 호청련은 주로 국가의 안보를 흔드는 세력을 감시하거나 내사 또는 추적해서 발본하는 역할을 했다. 지금은 말도 안 되는 소리고 오히려 적폐라는 이름으로 청산되고 있지만 그때 정권에서는 그것이 국가관이고 나라를 사랑하는 신념이라고 생각했다.

호청련에서 가장 먼저 한 일은 문익환 목사의 방북을 규탄하는 일이었다. 문익환 목사는 전국민족민주운동연합(전민련) 상임고문으로 북한의 조국평화통일위원회(조평통) 초청으로 평양을 방문했다. 소설가 황석영도 같은 시기에 한국민족예술인총연합(민예총) 대변인으로 북한을 방문해서 김일성을 만나고 돌아오는 대담함을 벌였다. 안보를 철통같이 여기던 시기에 일행을 이끌고 평양을 방문했으니 사상 최대의 사건이었다고 할 수 있었다. 노태우 정권이 그냥 두고 볼 리 없었다. 그들은 북에서 귀환하자마자 바로 국가보안법 위반 혐의로 구속되었다. 호청련에서도 이를 규탄하는 성명서를 내고 재야단체 사무실에 난입했고, 경상북도와 충청북도를 대표하는 최성만이 필두가 되어 전민련의 기물을 부수었다. 또한 호청년 진천지부는 발대식을 하면서 신장식 외 14~15명이 손가락을 잘라 전민련을 비롯한 여러 단체에 보내기도 했다.

이른바 용팔이 사건도 호청련이 주도한 사건이었다. 당시 야당이던 신한민주당이 내각제 개헌을 주장하면서 내분이 일자 김영삼과 김대중은 새로운 야당을 만들기로 합의하고는 통일민주당을 창당했다. 하지만 통일민주당은 출범부터 순탄하지 못했다. 김용남이라는 정치 깡패들을 동원시켜 창당지구마다 찾아가 국회의원을 무차별 폭행했는가 하면 사무실 집기를 몽땅 불태우는 사건을 저질렀다. 전두환 대통령의 4·13조치를 거부한 데 따른 보복조치였고, 대통령직선제개헌을 방해하기 위함이었다.

호청련 총책이었던 나는 전국의 영향력이 있는 애국청년과 연대해서 민주당창당 대회가 열리는 곳마다 찾아가 물리적인 힘으로 방해했다. 이승완 큰형님과 곽우영 큰형님은 같은 체육인 출신이라 의리 있고 마음도 잘 맞았다. 나는 호청년에서 대변인을 맡았고 총재는 이승완 큰형님이 맡았다. 각 지역의 대표는 대구 조창조, 수원 최창식, 부산 이강환, 서울 일대 이신영, 중앙에는 청와대 경호실 간부였던 이종남 등이 부총재로서 직함을 달고 처음으로 연합회 성격으로 함께 일했다. 주오택은 진보적인 생각을 갖고 있는 사람이었다. 그러나 나라를 위한 일이라 생각해 그 역시 우리와 뜻을 함께하기로 했다. 이후 호청년이 사라지면서 반공연맹이라는 단체가 또다시 등장한 것 역시 자유수호구국

신은 내게 사랑과 봉사라는 벌을 주었다

연합회와 호청년이 추구하는 이념과 다르지 않았다. 오로지 이념 하나로 우리를 뭉치게 하고 행동하게 만들었던 것이다.

호청년 대변인이자 총책이었던 나는 물론 전면에 직접 나서지는 않았다. 현장을 지휘하고 정보를 수집하는 역할은 했지만 물리적 행동까지 불사하지는 않았다. 당시 안기부 간부로 있던 엄 모 씨가 조직을 규합하는 데 앞장섰고 많은 호응을 얻었다. 왜곡된 신념이든 정당하지 못한 정치 행위이건 간에 그때는 그것이 역사를 위한 올바른 최선이라고 생각했기에 앞뒤 안 가리고 그들의 말을 들었다.

그러나 6월의 민주항쟁은 쉽게 가라앉지 않았다. 때맞춰 '박종철 군 고문살인 은폐규탄 및 호헌철폐 국민대회'가 전국적으로 매일 열렸고, 집회와 시위도 그치지 않았다. 그러자 민주정의당 대표이던 노태우가 대통령 직선제 개헌을 수용한다는 선언을 발표하였다. 통일민주당은 결국 승리하였지만 대통령 후보 선출문제를 놓고 대립하다가 김대중을 지지하던 의원들이 집단 탈당하여 평화민주당을 새로 창당하게 되었다. 하지만 의석수가 낮아 노태우 후보에게 패했고, 정권은 또다시 새로운 분위기로 뒤바뀌어 갔다.

통일민주당창당 방해사건에 가담한 연루자들을 잡아들이기 시작하면서 나도 무사하지 못했다. 사건의 주동자로 붙잡힌 용팔이 즉 김용남이 언론에 드러나면서 전국의 애국청년을 끌어들인 정치인들까지 줄줄이 거론되자, 호청련 대변인이었던 내 신상도 단번에 수사선상에 올랐다. 명단을 가지고 있던 엄 모 씨가 우리를 단번에 폭력조직으로 간주 발표하면서 여당을 위해 일했던 우리는 한마디로 토사구팽당하는 신세가 되었다.

정치적 이념이 다를 뿐 내가 무엇을 잘못했다는 생각은 들지 않았다. 피비린내 나는 전쟁을 해가며 지킨 나라를 빨갱이 놈들한테 넘겨줄 수는 없었다. 내가 존경하는 사람들의 이념이었고 나는 그들의 이념을 의심하지 않았다. 우리 같은 사람들이 서슴없이 동참하고 그들의 뜻을 따른 것은 그것이 진짜 나라를 위한 일이라고 했기에 그랬던 것이다.

하지만 아니었다. 지나고 보니 그들은 우리를 정치적으로 이용만 했을 뿐, 우리에 대한 아무런 보호조치도 하지 않았다. 범법자들이다 보니 필요할 때 이용하고 여차하면 처벌하기 쉬웠기 때문이었다. 하지만 나는 그들을 원망하지 않았다. 선택은 내가 한 것이고 그들이 말하는 국가관이니 정치적 이념 같은 것들 역시 내가 이해하고 받아들인 것이기에 후회하지는 않는다.

내 친구 용팔이도 순수하고 착한 사람이다. 본래는 국가대표 역도선수 출신으로 웬만한 남자 두세 명은 번쩍 들을 정도로 힘이 좋았다. 용팔이가 어느 날 역도 선수 생활을 끝내고 내게 와서 부탁이 있다고 했다.

"용식이 형, 나 소원이 있어."

"뭔데, 말혀?"

"용식이 형, 내 소원 진짜 들어 줄 거야?"

그 큰 덩치를 흔들면서 딴에는 내게 애교까지 떨며 말했다.

"얼른 말해 봐, 인마!"

"용식이 형, 나 나이트클럽 영업부장 하고 싶어?"

"그게 왜 하고 싶은데?"

나이트클럽 영업부장은 쉽게 할 수 있는 자리가 아니었다. 거칠고 독해야만 관리할 수 있는 자리인데 내 보기에 용팔이는 덩치만큼 사나운 놈이 아니었다.

"용식이 형, 나 그거 꼭 해보고 싶어. 멋있잖아."

멋있어서 영업부장을 해보고 싶다는 말에 웃지 않을 수 없었다. 그토록 순진한 마음으로 무언가를 하고 싶다고 말하는 사람이라 미워할 수가 없었다. 용팔이는 그래서 앰배서더 호텔 나이트클럽 영업부장을 하기도 했는데, 통일민주당 창당사건에 휘말리면서 가장 먼저 구속되었다. 용팔이는 다행히 징역 2년 6월을 선고받았고, 이승완 총재는 1년 6월을 선고받았다. 그리고 나 대신 강 모 씨가 1년 6개월, 주오택이 집행유예를 선고 받았다.

장세동이 야당을 분열시키려 우리를 이용한 것이라고, 이승완 총재에게 말해야 했었는데, 알면서도 묵고한 것이 못내 부끄럽다. 그나마 나는 그들로부터 들어오는 돈을 한 푼도 받지 않아

잡혀가지 않았다. 병신이지만 비겁하게 살고 싶지 않아서 나보다는 동생들을 먼저 챙겼다.

용팔이 사건의 전모가 확실하게 드러난 것은 김영삼이 집권하면서 사건을 재조사하라고 지시했기 때문이다. 노태우 정부 당시 사건에 가담한 자들의 형량이 너무 낮게 선고되었고 진실이 은폐되었다는 야당의 주장을 받아들인 것이다. 이로써 용팔이 사건의 배후가 신한민주당 이택희와 이택돈 의원 그리고, 안기부장 장세동이 있었다는 사실이 밝혀지면서 김영삼 정부는 다시 한번 놀랐다. 장세동은 전두환을 끝까지 지지하며 충성을 바쳤던 사람이다. 세상이 변해도 그 충성심은 바뀌지 않아서 그의 의리를 높이 평가하는 인사들도 더러 있었다. 그러나 그는 12·12 군사반란과 5·18 민주항쟁을 무력으로 진압한 죄로 3년 6월형을 선고 받았다. 그는 현재 목사 안수를 받고 신앙인으로 살아가고 있다. 가끔씩 성경구절을 내게 보내 하나님의 존재를 전도한다.

용팔이와 나는 어쩌면 깡패가 아닌 영웅이 되고 싶었던 것인지도 모른다. 진짜 영웅의 삶을 살고 싶어서 협객이 되고 싶었고, 그들이 말하는 대로 하면 우리 같은 사람도 영웅 대접을 받으며 살 줄 알았다. 순진한 생각이었다.

개인의 뜻과는 상관 없이 조직의 결의를 따르기 위해 손가락을 잘라야 했던 그때, 그 젊은 청년들을 떠올리면 지금도 마음이 미어지는 것 같다.

신은 내게 사랑과 봉사라는 벌을 주었다

건달과 상류사회

   '자유수호국연합회'를 만들 때는 정일권 총재가 나에게 힘을 실어주었다. 그 덕분에 전국을 돌아다니면서 골목대장들을 만나 호국을 할 수 있었다.

   당시 신상현 어르신, 조창조 큰형님, 최창식 큰형님, 이강환 큰형님, 이신형 큰형님 등 최고의 오야붕들은 호청련 시절부터 국가와 민족을 위한 반공사상 하나로 뭉친 사람들인데 엄 모 씨의 공모로 우리는 이용당하고 버려졌다. 하지만 우리의 반공사상은 고 박정희 대통령 경호실에 있던 이종남 큰형님의 영향으로 다시 각인되었다. 그때 그 형님의 호국에 대한 강한 메시지가 가슴 깊이 새겨지면서 우리는 또다시 호국에 대한 자긍심을 가질 수 있었다. 몇 사람의 협작으로 호국에 뜻을 두고 모인 사람들 가슴에 대못을 박고 멍울이 생기는 결과가 빚어지기도 했지만 호국에 대한 믿음만큼은 져 버리지 않았다. 조선의 의병이 떠오를 정도였다. 대한민국의 발전에 큰 힘이 된다는 생각으로 가슴이 벅차고 뭉클했다. 건달이 나라를 위한 일에 앞장선다고 생각해 두려울 것이 없었는데, 우리의 순수한 충정을 정치적으로 이용하는 세력들이 있는 걸 알고는 비애를 느꼈다.

그때 나는 의정뉴스를 하는 언론이었고 정일권 총재를 비롯해 힘 있는 사람들의 영향으로 이른바 상류사회에까지 인맥이 닿아 있었다. 그야말로 청주 건달이 서울로 진출해서 권력과 가까이 있다 보니 인적 네트워크가 자연스럽게 형성되었다.

모든 것이 그렇듯 멀리서 봤을 때는 대단해 보이는 것들이 가까이 다가가서 보니 정치도 나랏일도 어느 것 하나 순탄한 것이 없었다. 돈과 권력이 모이는 곳에는 언제나 힘겨루기가 필요악이었고, 겉으로는 나라를 위한 일이라고들 했지만 이면은 그렇지 않았다.

처음에는 국가와 민족을 위한 일이라는 미명 아래 큰일에 뛰어들었던 나 또한 그들과 크게 다르지 않았다. 힘과 권력이 모이는 상류사회의 단맛을 알아가면서 조금씩 변하기 시작한 것이다. 고위 인사들과 어울리게 되면서 나는 많은 사람과 자연스럽게 인연을 맺게 되었다. 그들 중에는 김애리도 있었다. 김애리는 한국 정치사의 거물인 김종필의 딸이다. 9선 의원에 국무총리를 2번이나 지낸 40년을 정치인으로 산 사람이다. 지금은 고인이 되었지만 내가 그의 딸인 김애리를 알게 되었을 당시는 김대중 정부의 자민련 총재를 맡고 있었다. 내가 언론인 행세를 하지 않았으면 감히 만날 수 없는 그의 딸 김애리를 만난 것은 이른바 상류사회 사람들만 모인다는 한 모임에서였다.

김애리는 작고 귀여운 여자였다. 부족할 것 없는 환경에서 자란 탓인지 사람에 대한 경계와 의심이 없고 순수해 보였다. 나 역시 거침없는 건달로 살아온 이력 탓인지 그녀의 눈에는 다른 사람들과 달라 보였던 모양이다. 모든 행동 하나 말투 하나까지 조심스러운 그녀에게 사심이 없어 보이는 충청도 사내가 친근해 보였던지 우리는 마음을 터놓는 좋은 친구가 되었다.

남녀가 유별하고 더구나 그녀는 당대 최고의 실세인 김종필의 딸이라는 사실을 알고 나서는 약간의 부담을 느꼈지만 서로에게 바라는 것이 없어 마음을 거두지는 않았다. 다가오는 인연 막을 수 없듯 떠나는 인연 역시 잡을 수 없다는 것을 누구보다 잘 알기에 그녀와 나는 친구처럼 또는 연인 인양 만났다. 항상 김종필이라는 아버지의 그늘에 가려져 자유로울 수 없었던 그녀는 자신을 김애리라는 사람 그대로 바라봐 주어 좋다고 말했다.

우리가 알고 있는 상류사회의 그늘은 그뿐만이 아니었다. 내가 가까이에서 본 그들만의 리그는 불편하고 혼란스러운 모습이었다. 내가 살아온 세상과는 다른 모습의 세상이 있다는 것을 그때 알았다. 그 카오스 같은 세상에서 김애리란 여자를 만난 걸 보면, 어느 곳이나 통하는 사람은 있기 마련이고 완전한 곳은 없다는 생각이 들었다. 돈과 권력의 힘만으로는 만족할 수 없는 듯 그녀는 늘 외로움과 불편함을 품고 사는 듯 보였다.

그녀도 나에 대한 감정이 그랬던 것인지도 모른다. 당당한 척, 센 척했지만 나는 누가 봐도 장애인이었고 내세울 것 없는 촌놈에 불과했다. 우리는 어쩌면 서로의 그런 모습 때문에 친구로 지낼 수 있었던 것인지도 모른다.

그러나 그녀와 친구 이상의 감정이 깊어지기도 전에 나는 서울을 떠나야만 했다.

어느 날 충청북도 도위원장이자 수양아버지 되는 오용운의원이 날 부르더니, 애리와의 소문이 무엇인지 물었다. 벌써 누군가의 눈에 띄어 김 총재에게 보고된 모양이었다. 오 위원이 나서게 된 것은 아마 날 아끼는 마음 때문이기도 했을 테지만 고민에 빠져 있던 김종필 총재의 뜻이기도 했을 것이다. 오 위원은 내게 김 총재가 애리에 대한 소문 때문에 몹시 상심해 있고, 당신 딸을 정략결혼시킨 것에 대해 후회한다고도 했다. 그러면서 애리가 더 이상 상처받지 않았으면 한다는 뜻도 밝혔다.

결국 나는 김종필 총재를 만나 소문의 주인공이 맞긴 하지만, 세상이 얘기하는 그런 인연은 아니라고 어쭙잖은 해명을 했다. 당대 최고의 실세 앞에서 어찌 거짓을 고하겠는가.

그러나 총재의 말은 부드러운 듯 단호했다. 귀싸대기 몇 대 맞으며 무서운 경고를 들을지도 모른다고 생각했는데, 총재는 한 사람의 운명과 무거운 책임감에 대해 말할 뿐이었다. 그 무거운 책임감이란 말에 가슴이 철렁 내려앉으면서 비로소 내가 큰 사고를 쳤다는 걸 깨달을 수 있었다.

그날 나는 죄송하다는 말을 반복하다가 총재와 헤어졌다. 총재가 나에게 책임이라는 말 대신에 어떤 위해를 가했다면 생각이 달라질 수도 있었을 것이다. 하지만 나를 대하는 총재의 인간성을 생각해서라도 애리와는 친구로라도 만나면 안 될 듯싶었다.

이후 나는 애리와 총재에게 피해를 주지 말아야겠다는 생각으로 잠시 캐나다로 떠났다. 어떤 인연이든 정을 끊는 일은 그리 쉽지 않은 법이다. 캐나다에서 2년 동안 머물다 돌아와서는 절대로 해서는 안 될 마약에까지 손을 대게 되었는데, 불행은 여기서 그치지 않았다. 그러잖아도 나를 눈여겨보고 있던 남기춘이 이를 좋은 먹잇감으로 생각했는지 서울지검 강력부로 잡아 들였다. 마약사건을 빌미로 김애리와 내 관계를 캐내기 위함이었지만 나는 오랜 조사에도 불구하고 끝까지 함구했다.

"나는 건달 나부랭이다. 김종필은 정치계의 거물이고 김
애리 역시 나 같은 사람은 쳐다볼 수 없는 여자인데 무
슨 얼토당토않은 소릴 하는 것이냐."

사건은 그렇게 마무리되어 나는 마약사범으로 형을 살게 되었지만 아무런 후회가 없다. 총재를 비롯해 그 집안사람들에게 상처를 준 것 같아 미안하고 가슴 아프다.

총재의 부인이 돌아가셨을 때 찾아가서 미안한 마음을 빌었다. 좋은 인연으로 만나지 못한 것에 대한 미안함과 그래도 나를 나쁜 놈으로 보지 않은 것에 대한 감사함 때문이었다.

사는 동안 수많은 인연을 만나고 헤어지지만 그 역시 삶의 순리라는 생각에 집착하지 않았다. 가끔씩 돌아보며 소중했던 인연들이 무탈하게 잘 살기를 바랄 뿐이다. 모든 인연은 내 인생과 무관하지 않기에 그들에 대한 원망도 안타까움도 들지 않는다. 가을 끝자락에 이르고 보니 지난 인연에 대해 호불호도 느껴지지 않는다. 나와 같은 하늘 아래 어디선가 평안히 살았으면 하는 바람이다.

신은 내게 사랑과 봉사라는 벌을 주었다

미안하고 고마운 사람들

    곽우영 형님이 내게 아버지 같은 사람이었다면 정일권 총리는 국가관을 심어준 사람이다. 그들 때문에 많은 일을 겪기도 했지만 지금도 나는 국가와 민족을 위하는 나름의 철학은 변하지 않았다. 신경식 의원과 인연을 맺은 것도 그 두 사람 때문이었다. 당시 신 의원은 정 총리의 비서 실장으로 정치에 뜻을 두고 있었다. 정 총리는 자신의 사람들이 정치를 할 수 있도록 길을 열어주며 신의를 지키려고 했었다.

노태우 정권 시절 정 총리가 민한당 유한열 사무총장을 찾아가 신경식 의원의 공천을 부탁했고, 신경식 의원은 야당으로 출사표를 던졌다. 정 총리는 자신의 수석비서관이자 자유수호구국연합회 사무총장을 맡았던 신경식에게 마지막으로 국회의원의 길을 열어주고 싶어 했다. 그때 정일권 총리가 내게 말했다.

"신 군, 자네 청주가 고향이지? 신경식도 고향이 청주이
니 국회의원이 될 수 있도록 힘 좀 써 주게."

곽우영 큰형님도 신경식 씨는 정치를 아는 사람이니 꼭 만들어야 한다고 했다. 그러면서 야당으로 출마해서 힘들겠지만 그래도 한번 해보자고 했다. 선거에 뛰어들게 된 것 역시 그런 인연들과 함께하기 위해서였다.

곽우영 형님도 신경식은 정말 정치를 아는 사람이다. 꼭 만들어야 한다고 했다. 그러면서 야당이기 때문에 힘들겠지만 큰 고난이 있을지언정 한번 해보자 해서 선거에 뛰어들게 되었다. 문제는 박근혜 대통령의 이종사촌 형부인 서주우유 윤석민 회장도 여당 공천을 받아 청주 지역구로 나와 다들 신경식이 질 거라고 예상했다.

사실 윤석민 회장도 나하고 가까운 사이라 마음이 편하진 않았다. 그도 청주 출신이고 기업인이라 내가 건달생활하면서 신세를 지기도 했다. 그래서 속으로 갈등이 많았다. 선거운동이 본격화되자 윤성민 회장은 돈을 뿌리기 시작했다. 신경식 의원을

신은 내게 사랑과 봉사라는 벌을 주었다

돕기로 한 마당에 다른 후보 선거운동을 지켜만 볼 수도 없고 윤석민 회장처럼 뿌릴 돈도 없으니 어떤 방법을 써야 하나 고민하다가 상대의 돈 줄을 자르면 된다는 생각이 들었다. 해서 나는 애들을 시켜 서주우유가 있는 옥산 지역 깡패들을 불러 모아 교육을 시켰다.

> "니들은 윤석민 당에 들어가서 당원이 돼라. 그리고 윤석민이를 무조건 찍으라고 해라. 안 찍으면 모가지 날아간다고. 고압적인 자세로 옥산 사람들에게 선거 운동을 열심히 해라."
> "윤석민이를 지지하면서도 선거 책임자가 돈을 뿌리려고 하면 위원장님 공정선거가 아니지 않습니까. 공명선거를 해야 합니다. 돈으로 하면 안 됩니다. 합법적으로 선거를 똑바로 해야 합니다. 하면서 공정한 선거를 하도록 당원 입장으로 이야기해라."

내 선거 전력은 적중했고 신경식 의원이 결국 옥산 지역구에서 승리를 했다. 압도적이지는 않았지만 예상을 깬 결과였다.

당원들이 공명선거를 하라며 들고 일어나자 윤석민 회장이 선거를 하다말고 도망쳤던 것이다. 자진 사퇴는 아니었다. 나중에 동생들한테 들어보니 윤석민 회장은 수안보로 피신해 있었다고 한다. 돈으로 유권자의 표를 구하려던 윤석민 회장의 생각은 뜻대로 되지 않았다.

옥산 지역에서 동네 깡패나 당원들이 하도 윤석민을 찍으라고 난리를 부리니, 그 꼴이 보기 싫어서 오히려 신경식을 찍게 되는 반전으로 승리하게 된 것이었다.

정 총리가 신경식 의원의 선거 유세를 도우러 청주로 내려왔을 때, 야당이라 떨어질 것 같아서 어쩔 수 없이 이런 전략을 세웠다고 죄송하다고 했더니, 알 듯 모를 듯한 표정을 지으며 내 어깨를 두들겼다.

이후 신경식 의원은 내게 부탁할 일 있으면 말하라고 했다. 자신을 도와줬으니 내게 도움을 주고 싶었던 모양이다. 하지만 나는 아무것도 부탁하지 않았다. 그의 선거운동을 도운 것은 순전히 곽우영 형님과 정 총재에 대한 고마운 인연 때문이지 무엇을 바라고 한 것은 아니었는데 그래도 신경식 의원은 나와의 인연을 소중하게 생각하는 것 같아서 내 밑에 있던 동생의 취직을 부탁했다. 대학에 다니고 있던 동생이었는데, 보좌관 자리에 앉고 보니 빼는 것이 없었던지 본분은 다하지 못하고 돈을 챙기다가 뒤탈이 나고 말았다. 신용식이 똘마니를 왜 보좌관으로 앉힌 것이냐는 비난이 검찰청에까지 들어갔다. 그러나 신경식 의원은 끝까지 나와의 의리를 먼저 저버리지 않아서 죄송한 마음이 더 클 수밖에 없었다. 사람을 제대로 보지 못한 내 불찰이었다.

신은 내게 사랑과 봉사라는 벌을 주었다

무슨 일이든 정당하지 못하면 언젠가는 진실이 밝혀지기 마련이다. 신경식 의원의 선거운동은 불법을 떠나 편법을 쓴 것은 분명하다. 윤석민 회장이 그 사실을 알았으니 가만히 있을 리 없었다. 여기저기 검찰에까지 떠들고 다니며 나에 대한 감정을 드러냈다는 소리가 들려왔다. 당시에는 서울에 있었기 때문에 그와 마주칠 일이 없었는데, 공교롭게도 서울 구치소에서 수의를 입은 채 그와 맞닥뜨리고 말았다. 누군가의 면회를 하러 갔다가 윤석민 회장과 마주쳤는데, 그는 나를 보자마자 고개를 휙 돌리더니 모른 척 가버렸다. 신경식 의원의 선거개입으로 벌을 받긴 했지만 지금까지도 윤석민 회장의 앞길을 막고, 신의를 저버린 것에 대한 미안함은 가시지 않았다. 나를 보고 차갑게 고개를 돌리던 모습이 아직도 생생해서 이 기회를 빌려 사죄드린다. 모쪼록 건강하고 행복한 여생 보내길 기원한다.

　정치가 인연과 의리만으로 할 수 있는 것이 아니라는 것을 뼈저리게 경험하고는 두 번 다시 정치판 근처에도 가지 않는다. 그래서 정치는 아무나 하는 게 아니라고 하는 모양이다. 그러기에 신이 나한테는 사랑과 봉사라는 다른 명제를 주셨을 것이다.

　신경식 의원은 여전히 나와 안부를 주고받으며 가끔은 장애인 관련 행사에도 참석한다. 그의 나이 80이 넘었으니 참으로 긴 인연이다. 현재까지도 육아방송 회장으로 활동하는 걸 보면서 타고난 정력과 사회적 신념에 존경을 보낸다.

존재감을 잃게 하는
교도소생활

　제13대 충북 청원 국회의원으로 신경식이 당선되자 나는 전보
다 더 요주의 인물로 관리되었다. 신경식 의원의 선거운동을 도
왔다는 이유와 용팔이 사건 때문에 블랙리스트 명단에 오른 것
이다. 당시 충청북도 도정을 주관하던 지역안보 협의회는 주로
기무사와 안기부 소속의 사람들이 서로 만나 블랙리스트에 오른
사람들의 동향과 지역안보 및 치안에 대해 많은 신경을 썼다. 기
무사의 위상이 하늘을 찌르던 시기와 맞물려 선거에 개입한 사

　　　　　　　　신은 내게 사랑과 봉사라는 벌을 주었다

실이 드러나 피할 수가 없었다.

신경식 의원은 존경하는 정일권 전 총리를 모셨던 사람이다. 그런 그가 몇 번의 도전 끝에 국회의원으로 당선되어 나로서도 보람 있는 일이었다. 그러나 선거에는 불가역적인 일들이 일어날 수밖에 없고 그런 일을 맡을 사람은 후보자와의 신뢰가 없으면 어려운 일이다.

물론 자발적으로 도운 것도 있지만 정일권 전 총리와 신경식, 곽우영 형님은 나의 부족한 세계관을 채워준 사람들이었다. 그 세계관이 옳고 그름을 떠나 건달 짓이나 하고 살던 나에게 세상을 살아가는 신념과 가치에 대한 것들을 심어주었기 때문에 돕지 않을 수 없었다.

그러나 정치판에는 항상 적이 있기 마련이고 적이란 이념과 성향이 다른 힘 있는 자들이었다. 다행인 것은 신경식 의원이 무사히 국회에 입문하게 된 이후에 벌어진 사건이라 후회는 하지 않았다.

여러 번의 전과 경력은 있었지만 구속이 되어 형을 살게 된 것은 처음이었다. 교도소가 겁이 나거나 크게 두렵지는 않지만 절대 갈 곳은 못 되었다. 언젠가는 피하지 못할 곳이라는 것은 늘 예상하고 살았지만 막상 구속되어 갇히게 되니 날개 부러진 신세였다. 어떤 명분으로 죄를 지었든 간에 신체의 자유를 박탈당하고 운신의 폭이 좁아진다는 것은 우리에 갇힌 짐승하고 다를 것이 없었다. 바깥에선 할 일이 그렇게 많은 것 같더니 그 안에서는 아무 할 일이 없었다. 쓸모없는 인간으로 추락한 나 자신과 대면하다 보니 존재감 따위는 고사하고 인간의 존엄이 무시당한 것 같아 견디기 어려웠다. 그러나 차츰 그 생활도 익숙해지다 보니 그 안에서 색다른 인연도 만나게 되었다. 부산 미문화원 방화 사건의 주범인 김현장이라는 사람을 만났는데, 그는 지독한 반미주의자로 당시 사형선고를 받고 구속되어 있었다.

부산미문화원 방화는 1980년에 일어난 5·18 민주화운동 시기에 미국이 군대를 동원해 직접 개입했다는 정황이 알려지면서 부산에 있는 고신대 학생들이 미문화원에 방화한 사건이다. 미국이 전두환 독재정권을 비호하고 5·18 광주사건을 용인한다며 학생들이 들고일어난 것이다. 당시 수사기관은 현상금까지 내걸고 미문화원 방화범을 모두 검거했다. 김현장은 방화범을 배후 조종한 인물로 검거되었는데, 5·18 당시 시민군으로 참여했던 일까지 드러나 사형선고를 받았고 이후에 감형조치 되었다. 그는 정치적 신념이 꽤 강한 사람으로 보였다. 나이는 어리지만 추구하는 정신세계가 확고했고, 조심스럽게 말했지만 말속에 항상 힘이 있었다.

"신 형, 우리는 일제로부터 36년 동안이나 탄압을 받았습니다. 그런데 미국한테 또 그런 수모를 당하고 살 수는 없습니다. 정신 차려야 합니다."

신은 내게 사랑과 봉사라는 벌을 주었다

듣고 보니 그의 말도 아주 틀린 소리 같지는 않았다. 전쟁이 당사자들만의 문제가 아닌 것은 나도 잘 알았다. 두 조직이 싸울 경우 어부지리로 이득을 보는 쪽은 항상 당사자들이 아니라 말리는 척하거나 모르는 척하는 것들이 이득을 더 챙기는 법이기 때문이다. 우리가 미국과 정치적으로 어떻게 연결되어 있는지는 정확히 모르지만 김현장이 말하는 탄압과 속국이라는 말은 대한민국의 안보를 위해 싸웠던 사람으로서 듣기 좋은 소리는 아니었다.

내가 친미주의자는 아니지만 국가 안보를 위한 명분으로 반미주의자들과도 대치를 벌였던 터라 이념을 생각한다면 그리 친해질 수 있는 사이는 아니었다. 그러나 교도소라는 좁은 공간에서 자주 부딪치다 보니 인간적인 정이 들지 않을 수 없었다. 그도 답답한 마음을 털어놓고 싶었던 듯 내게 자주 속내를 털어놓았다.

하지만 거기까지였다. 그 사람이나 나나 교도소에 갇힌 주제에 국가를 위한 어떠한 영웅심이 있다고 한들 무슨 소용이 있겠는가. 교도소의 시간은 자고 먹고 체조하는 지극히 단순한 일에만 필요할 뿐이었다. 그 첫 번째 교도소 생활의 시작이 내 인생에 얼마나 더 큰 쓰나미가 몰려올지 그때는 짐작하지 못했다.

끝내 아버지와의 약속을 지키지 못했다

나는 아버지께 평생 올바르게 사는 모습을 보여주지 못했다. 어릴 때는 부유한 집안의 백만 믿고 온갖 악동 짓은 다 했고, 청소년 시절엔 미숙한 행동으로 아버지의 마음을 늘 조마조마하게 했다. 그렇지만 아버지는 내게 한 번도 대놓고 원망을 하시거나 부끄럽다고 말한 적이 없었다. 다른 집 자식들은 잘났는데 너는 왜 그 모양이냐고 한탄을 하시지도 않았고 내 앞에서 잘난 애들을 부러워한 적도 없었다. 언제나 나를 믿으셨고 언젠가는 마음

신은 내게 사랑과 봉사라는 벌을 주었다

을 잡고 올바른 길을 찾아갈 거라고 기대했다. 가끔은 아버지가 그런 기대가 아니라 혹독한 체벌과 강제로 내 마음을 잡아주었으면 싶을 때도 있었다. 그랬으면 내가 조금이라도 빨리 올바른 세상을 살았을 텐데 하는 안타까움이 있지만, 이제 정신 차려 보니 아버지는 오래전에 떠나고 없다. '아버지에 대한 모든 아들의 후회는 아버지가 죽은 다음에야 한다'라는 어떤 시인의 말처럼 나도 늙고 병들어서야 아버지를 이해하고 그리워하게 되었다.

아버지는 내게 꼭 기술자가 되라고 하셨다. 손기술 하나만 있으면 나처럼 공부를 안 해도 충분히 먹고 살 수 있다고, 기술은 다른 사람한테 뺏길 염려도 없고 자본 없이도 시작할 수 있는 유일한 사업이라고 틈만 나면 얘기하셨다.

그것도 다른 기술자가 아닌 금 세공사가 되라고 하신 걸 보면, 병신자식이 행여 다리 아플까 봐 가만히 앉아서 일할 수 있게 하려고 하신 것 같다. 그때는 남자가 무슨 세공사냐고 펄쩍 뛰었다. 좀스럽게 그런 일을 어떻게 하느냐고 아버지의 말을 귓등 밖으로 들었다.

내가 어린 나이에 장가를 가 첫아들을 낳자 아버지는 가장 먼저 달려와서 함박웃음을 지으셨다. 철없는 자식이 친 사고임에도 당신의 첫 손주를 안아보며 눈물이 그렁그렁하셨다. 그때 이미 아버지는 간경화 증세가 있어 당신 몸이 허물어지고 있었는데도 당신의 손주는 귀했던 모양이다. 아무 대책 없이 부모가 된

아들이 안타까웠던 듯 내 손에 병원비를 쥐여 주시면서 유언이나 다름없는 최후통첩 같은 말씀을 하셨다.

"용식아, 내가 너 때문에 눈을 못 감겠다. 아버지가 부탁 하나만 하마.
용식아, 너는 병신이니까 너만 생각하고 살아라. 남한테 인정받으려고 하지 말고, 니가 옳다고 생각하는 길만 가. 사람한테 배신당하면 상처받고 죽을 수도 있으니까, 사람 너무 믿지 말고 잘해주지도 마. 네 한 몸 잘 건사해야 너도 살고 네 가족도 살 수 있단다. 인정이나 의리 따위에 몸 바치지 말고 이기적으로 살란 말이야!"

아버지 말대로 살지 못한 것이 평생 후회되었다. 조직이고 뭐고 나만 생각하며 살았더라면 아버지께 덜 죄송할 텐데, 나는 아버지와의 약속을 지키지 못했다. 어려운 부탁도 아니고 그냥 평범하게 살라는 뜻이었는데, 나는 아버지의 그 천둥 같은 말씀을 헤아리지 못했다.

남들은 세 분의 어머니를 두고 산 아버지에 대해 말들이 많았지만 내게 아버지는 사내로서도 멋있는 사람이었고, 부모로서도 더할 나위 없이 훌륭했다. 사람을 좋아하고 술을 좋아한 호사가였고 인정과 의리가 있어 많은 사람한테 치여서 삶이 늘 고달팠다.

신은 내게 사랑과 봉사라는 벌을 주었다

이제야 아버지의 삶과 순정을 기억하려 뒤돌아보지만 더 늦지 않아서 다행이다.

아버지 옆에는 세 분의 어머니도 함께 계신다. 살아서는 맘 편한 사이로 못 지냈을 세 분의 어머니가 저승에서는 아버지 빼놓고 좋은 친구로 잘 지냈으면 하는 바람이다. 그런데 아버지는 왠지 그곳에서조차 세 분의 어머니 말고 또 다른 여인을 만났을 것만 같다.

사랑의 끈
연결운동

사랑의 끈 연결운동은 국내에 거주하는 장애학생과
다문화가정학생들의 경제적 곤란과 진로문제를 해결해주고자
시작된 나눔운동이다.
2007년 사랑의 끈 연결운동이 시작된 이후로
한국신체장애인복지회는 사회지도층 인사와 1대1 결연을 통해
장애학생은 물론 저소득층, 소외계층 학생들의
현실적 고민과 진로문제에 대해
안정적이고 체계적인 지원을 위해 노력하고 있다.

사랑의 연결 끈 운동에는 장학금을 지원받는
장애학생뿐만 아니라 정부관계자, 기업인, 연예인 등이
자리를 함께하여 뜻 깊고 의미 있는 자리를 만들고 있고
최근에는 사회적인 관심이 더욱 커져
범국민적인 운동으로 퍼져나가고 있다.

신은 내게 사랑과 봉사라는 벌을 주었다

"장애를 뛰어넘어
희망의 날개가 되어 주는 사랑의 끈 연결운동"

2015 제주
사랑의 끈 연결운동

아직도 우리 사회는 장애인들을 어떻게 바라봐야 할지,

어떻게 도움을 주어야 할지 방법을 모르는 사람들이 많다.

금전적인 도움이 아니더라도 재능기부처럼

마음이 담긴 도움을 주거나, 불편한 시선과

차별을 거두는 것만으로도 장애인들에게 큰 힘이 될 수 있다.

이들이 차별받지 않는 사회가 진정한 복지사회인 만큼

사랑의 끈 연결운동을 통해 장애인에게 용기를 주고

사회적 인식의 변화로 이어지기를 바란다.

"나의 소명은 장애인의 복지와 발전을 위한 사랑과 봉사"

3부

신은
나를
지켜보고
있었다

비전사건으로 교도소 전국구의 시작

　서른 살 무렵 나는 서울에서 했던 일들을 정리하고 다시 청주로 내려왔다. 청주는 예부터 충청도 양반들이 많이 살던 곳으로 교육의 도시로도 잘 알려져 있다. 그런데 언젠가부터 군부대가 생겨나기 시작하면서 술집이나 음식점에 가면 심심치 않게 군인들을 볼 수 있었다. 나 같은 깡패들이 소란을 피우지 않으면 그야말로 꽤 품격 있는 도시인데, 군인들이 자주 눈에 띄어 좋은 풍경은 아니었다. 그러잖아도 이런저런 울분으로 화가 많이 차 있던 나는 동생들과 자주 술집에 갔고 그때마다 군인들이 눈에 거슬려 인상을 찌푸리곤 했다.

한번은 단골 술집에 가서 내가 좋아하는 파트너를 불러달라고 했더니, 오늘은 군인들하고 함께 있으니 양보하라고 하는 것이었다. 기분이 상했던 나는 무슨 군인이냐고 물었더니 주인이 기무사 사람들이라고 했다. 그러면서 주인장 하는 말이 '매너라고는 눈곱만큼도 없는 그지발싸개 같은 놈'들이라고 했다 주인장 말을 듣고 보니 군인들에 대한 심기가 더 불편해졌다.

기무사의 권력이 한창 하늘을 찌를 때인데 무엇도 모르는 우리가 그만 주제 파악을 못 하고 말았던 것이다.

"이 새끼들이 어딜 여기까지 와서 지랄이야!"

내가 한마디 하자 지켜보던 동생들이 우르르 몰려나가 기무사 직원들을 두들겨 팼다. 비전사건의 발단이 된 것이다. 기무사를 건드렸으니 가만히 있을 리 없었다. 나를 비롯해 동생들까지 줄줄이 잡아갔다. 나는 폭행 현장에 없었다는 당시 청주경찰서 수사과정의 조사 끝에 무혐으로 풀려났지만 권력의 힘이 가만 둘리 없었다. 국방장관이던 주영복이 청주까지 직접 내려와 김성태 수사과장을 발길로 찼다는 얘기도 있었다. 그들 입장에서 보면 깡패조직을 비호한 셈이니 그냥 넘어갈 수 없었을 것이다. 그냥 잘못했다고 선처를 빌었어야 하는데, 무슨 정의사회 선도위원회라도 되는 양 '국방의 의무를 지켜야 하는 군인들이 술이나

처먹고 다니면 되느냐'고 했으니 매를 번 셈이었다.

　나는 기무사를 건드린 괘씸죄로 폭행죄와 빨갱이라는 죄명이 떨어졌다. 감호 7년에 징역 7년이 내려졌는데, 사건이 서울의 고등법원으로 올라가더니 징역 2년으로 감형이 되었다.

　차라리 마음이 편했다. 동생들만 들여보내는 것도 편치 않았는데, 괘씸죄와 빨갱이라는 죄목을 받고 구속이 되니 세상 참 별거 아니라는 생각이 들었다. 사람 패고 죽이는 것도 어려운 일이 아니지만 사람 죄인 만들어 가두는 것 역시 쉬운 일이라고 생각하니 한편으론 두렵기도 했다. 처음으로 주먹보다 무서운 것이 법이라는 생각이 들었다. 법을 지켜야 할 사람들은 많지만 그 법으로 누군가를 옭아매는 것은 힘쓰는 일보다 간단했다. 피를 보지 않고 글 몇 줄로 나 같은 인간을 빨갱이로 만들 수 있는 세상이었다. 안보를 위해서 빨갱이 처단에 앞장섰던 내가 빨갱이로 몰리고 보니 헛웃음이 나왔다. 무엇보다 안타까웠던 것은 나를 도왔던 기업인 민 모씨가 신용식의 비호세력으로 잘못 알려져 구속이 되었고 탈세를 하지 않았음에도 죄를 만들어 몇 백억에 가까운 피해를 보게 되었다. 나로인해 누군가의 삶이 망가지게 된 것 같아 마음이 너무 아팠다.

　교도소는 두 번 다시 가고 싶지 않은 곳인데, 다시 갈 수밖에 없었다. 이미 나는 교도소 밖의 세상보다 교도소에서 더 환영받는 인물이었다. 모두 그런 것은 아니지만 폭력전과로 들어온 사람들의 대다수는 나 같은 사람에 대해 호의적이었다. 그 속에서도 어느 조직 보스가 어떤 사람인지 잘 알고 있었기 때문에 비겁한 놈은 대접을 못 받지만 의리 있는 놈들에 대한 평가는 달랐다. 나에 대한 소식은 전국구로 알려져 있던 마당이라 어딜 가나 반기는 눈치였다. 지역과 파는 다르지만 보스의 자질은 그들에게 선망이 될 수도 있고 처치의 대상이 될 수도 있었다. 운동을 하러 나가든지 노동을 하러 나가든지 내 주변에는 늘 사람들이 따랐다. 그 속에서 군기를 잡은 것도 아니고 겁박을 한 것도 아니었다. 나는 청주 촌놈이었고 그들과 다를 것이 아무것도 없었다. 있다면 다리 하나를 쓰지 못하는 장애인일 뿐이었다. 그럼에도 불구하고 그들은 나의 촌스러운 농담과 여유를 친근하게 받아들였다.

가끔은 나보다 어린 사람들이 안타깝게 느껴질 때도 있었다. 나는 돌이킬 수 없는 삶을 살고 있지만 순하고 착해 보이는 애들이 그곳에 있는 것이 보기 싫었다. 각자 말하기 어려운 사연이야 있겠지만 나는 그들이 더 이상 나 같은 사람들과 어울리지 말았으면 싶었다. 세상 탓이고 부모 탓이라는 말로 자신의 죄를 합리화시키는 짓이야말로 가장 비겁한 행동임을 나는 잘 알았다. 그래서 나는 한 번도 입 밖으로 누구 때문에 내 인생이 꼬일 대로 꼬였다고 탓해 본 적이 없었다.

해서 나는 그들에게 공허할지도 모를 잔소리를 가끔 했다.

"우리가 깡패 새끼로 살지만 비겁하게 살지는 말자. 그
리고 주먹은 꼭 필요할 때만 쓰자. 아무 때나 휘두르지
말고, 의리를 지켜야 할 때만 쓰자."

교장 선생님 같은 소릴 했으니 누군가는 미친 소리라고 비웃
었을지도 모른다. 그러나 그 미친 소리에 대한민국의 건달이 반
응하고 규합하기에 이르렀다. 이른바 건달의 전국구시대가 열
린 것이었다. 내가 존경하는 조직의 선배들을 내 동생들도 존경
할 수 있는 마인드를 가지게 되면서 깡패도 뭉칠 수 있다는 아이
러니를 보여준 것이다. 무조건 영역 다툼에만 혈안이었던 전국
의 조직들이 선배와 후배라는 신의를 보이면서 더 이상 칼부림
의 대명사였던 조직원들이 이른바 다른 조직에 대한 도와 예를
가지게 되었다는 사실이다. 형을 마치고 밖으로 나가면 또다시
어떻게 변할지 모르는 세상이지만 잠깐이라도 나는 우리도 뭔가
할 수 있다는 희망을 엿보았다. 그것이 삼일천하가 될 수도 있고
백일천하가 될 수도 있을 테지만 우리 같은 사람들도 무언가 긍
정적인 시도를 해볼 수 있다는 것에 나름 흐뭇했다.

신은 내게 사랑과 봉사라는 벌을 주었다

사랑하는 후배의 죽음

폭력전과가 있다 보니 사건만 터졌다 하면 내 이름이 오르내렸다. 내가 직접적으로 관련이 없어도 항상 수사 선상에 올랐고, 동생들이 가벼운 사고만 쳐도 내 이름은 빠지지 않고 거론되었다. 조직을 이미 동생한테 넘겼는데도 지난 과오 때문에 절대로 자유로울 수 없었다. 조직과 사업채에서도 발을 빼고 나이트클럽 지분과 오락실 운영권까지 모두 동생들에게 넘겨주고 장애인 운동에만 신경 쓰고 있었는데, 어느 날 늦은 밤 청주에서 전화가

왔다. 그때 나는 서울에 머물면서 벌려났던 사업채를 정리하고 있었다. 다급한 전화는 내 바로 밑에서 일했던 윤식이가 죽었다는 비보였다. 새벽 두 시에 윤식이의 사망 소식을 듣고 나니 정신이 확 돌았다. 어제까지 멀쩡했던 놈이 갑자기 죽었다는 것은 필시 큰 사건이 벌어졌다는 뜻이었다. 별별 생각이 다 들었지만 일단은 청주로 달려가야 했다.

얼마를 밟고 왔는지 기억나진 않지만 청주에 도착해서 윤식이 몸을 만져보니 아직 온기가 남아 있었다. 윤식이는 온몸에 칼을 맞고 죽어 있었다. 내가 서울에 있는 동안 청주에서 집사로 있던 애들이 파를 만들어 모 나이트클럽 영업부장인 조성재를 죽이려다가 윤식이를 죽인 사고였다.

윤식이가 손 쓸 시간도 없이 현장에서 즉사 했다는 소릴 들으니 상대가 얼마나 잔인하게 칼질을 했는지 짐작이 갔다. 솔직히 당장 달려가 놈들에게 복수하고 싶었지만 우선은 윤식이 장례가 먼저였다. 세상은 조폭들이 또 칼질을 하다 당했구나 하고 흥미로워했지만 나는 윤식이의 죽음을 가볍게 생각할 수 없었다. 어떤 죽음이라도 누군가에게는 소중하고 슬프기 때문이다. 하지만 나는 울지 않았다. 많은 동생들 앞에서 내가 눈물이라도 보이면 결코 그냥 넘어가지 않을 것이기 때문이었다. 나는 당연히 복수를 다짐하면서 윤식이 장례를 치렀다.

청주의 장례식장이 소란스러워지자 당시 충북 경찰청장이던

신은 내게 사랑과 봉사라는 벌을 주었다

이완구가 사람을 보내왔다.

　"신 회장, 우리 청장님 계신 동안에는 제발 살인사건 좀

　　안 나게 해 줘."

　그의 말이 귀에 들어올 리 없었다. 윤식이는 내 피붙이 같은 동생이고 그것도 잔인하게 살해당했는데 지금까지 주먹 쓰며 살아온 놈이 모른 체하고 넘어간다는 것은 말이 되지 않았다. 그때 나는 이완구 청장에게 나의 뜻을 분명히 전해달라고 했다.

　"나도 청주에서 더 이상 사건 안 나게 하려고 했는데, 이

　　런 일이 생겼으니 그냥은 못 넘어갑니다."

　내 말을 들은 그의 표정이 이내 굳어졌다. 내 분위기가 심상치 않다는 것을 전해들었으니 이완구 청장도 가만히 있을 리 없었다. 경찰들을 보내 장례식장을 둘러쌓더니 끝날 때까지 철통 감시를 했다. 혹시라도 다른 조직원들과 유혈충돌이 일어날까 봐 미리 차단한 것이고, 만일 그런 일이 발생하면 즉각 체포하겠다는 경고였다. 이완구 청장 입장에서도 입신양명을 위해서는 자신이 경찰청장으로 있는 지역에서 더 이상 사건이 일어나서는 안 되었다. 그의 말뜻을 이해 못 하는 바는 아니지만 윤식이 죽음을 그냥 묻을 수는 없었다.

　일단은 조용히 윤식이 장례를 치렀다. 아무 일 없이 초상을 치르자 경찰도 안심을 하는 눈치였다. 하지만 나는 동생들과 이미 윤식이의 죽음을 보복하기로 결정을 본 터였다. 세력다툼으로

오랜 시간 끌어온 전쟁을 끝내려면 누군가가 나서야 했다. 조직의 모든 일에서 빠진 뒤 사회봉사를 하려 했던 나는 또다시 갈등이 생겼다. 더 이상은 아니라고 그토록 자신에게 다짐을 했건만 윤식이 죽음 앞에서 모든 것이 무너지고 말았다. 보복만이 윤식이를 위하고 조직을 이끄는 올바른 일인지는 잘 모르겠지만 오랫동안 정과 의리로 함께 해온 동생들의 마음을 외면할 수가 없었다. 그것이 설령 잘못된 선택이고 판단일지라도 나서야만 했다. 무엇보다 안타까운 것은 죽은 윤식이도, 윤식이를 찌를 놈들도 다 내 동생이나 다름없는 녀석들이라는 것이다. 조직의 보스로서 보복을 하는 것은 마땅했지만, 그들 역시 나와 인연을 맺은 순진한 동생이었다는 생각에 보복을 결정하기가 쉽지 않았다. 또한 그런 복잡한 속마음을 어느 누구에게 내색할 수도, 이해를 구할 수도 없어 선택의 기로에서 많이 괴로워했다.

결국 나는 피할 수 없는 선택의 결과로 또다시 폭력 혐의로 검거될 수밖에 없었다. 끝없는 전쟁의 끝에는 항상 법의 심판이 기다리고 있다는 걸 알면서도 나는 범죄의 굴레에서 벗어날 수가 없었다. 윤식이가 죽은 후 나는 그의 가족들이 살 수 있도록 도움을 주었다. 그러나 그조차 그냥 두고 볼 수 없었던 인간들이 나와 윤식이 가족들에게 온갖 행패를 부렸다. 그런 괴롭힘을 당할 적마다 그들에 대한 원망과 비애보다는 내 원죄의 무게가 얼마나 크면 아직도 받을 벌이 남아 있나 싶어 마음이 무거웠다.

신은 내게 사랑과 봉사라는 벌을 주었다

죄와 벌 모두 내 몫의 팔자라면 받아들여야 한다는 생각이다. 때문에 나는 윤식이의 죽음을 함부로 말할 수 없었다. 그의 죽음에 대한 평가가 어떠한들 내게는 소중한 동생이었고, 한 조직을 이끌던 사람이었다. 그가 죽은 지 벌써 25년이 넘었다. 기일마다 빠지지 않고 절을 찾아갈 때마다 느끼는 것이지만, 그의 도움을 받고 의리를 맹세했던 인간들이 코빼기조차 내비치지 않는 걸 보면 깡패새끼들이 말하는 의리도 다 부질없다는 생각이 든다.

한때는 서로를 지켜주려고 목숨조차 불사했고, 세상이 다 손가락질해도 우리끼리는 욕하지 말자고 찬 겨울바람을 맞으며 소주를 마셨는데, 제 배만 불리느라 의리 같은 것은 예전에 시궁창에 처박은 인사들을 보면 내가 믿었던 것들이 허상이었음을 인정하지 않을 수 없다. 역사를 모르는 자 미래가 없다는 말처럼, 자신의 과거를 부정하는 자가 과연 진정한 행복을 누릴 수 있을까 싶다.

남기춘과의 악연은 고맙게 생각한다

2001년 나는 폭력행위 등의 혐의로 기소되어 청주에서는 처음으로 범죄단체수괴혐의가 적용되어 무기 징역이 구형되었다. 범죄단체수괴혐의라는 죄목이 무슨 소린지 이해가 잘 안 갔지만 무기 징역이 구형되고 나니 정신이 아득해졌다. 그동안 몇 차례 형을 살고 나왔지만 그와 같은 혐의로 기소된 것은 처음이었다. 윤식이 죽음을 보복한 사건까지 더해지면서 깡패 생활의 종지부를 찍어야 하는 막다른 시점에 이르렀다. 억울한 면은 있었지만

신은 내게 사랑과 봉사라는 벌을 주었다

피할 수는 없었다. 검찰이 오래전부터 주시하고 있던 일을 마침내 마무리하려 한다는 예감도 들었다.

그때까지 나는 주먹이나 발길질은 해봤지만 연장이나 칼질은 한 적이 없어 중형은 피해왔다. 그러나 이번 기소의 내용인즉슨 윤식이가 죽은 뒤 청주로 내려와 다시 조직 관리를 해오며 각종 이권 문제에 관여하고 사생활까지 문란한 한마디로 이 사회에서 영원히 격리돼야 할 인간이라는 소리였다. 수십 년 전 폭력사건과 여자 문제까지 줄줄이 엮는 분위기였다.

올바르게 산 것은 아니지만 무기징역이란 구형이 내려지는 순간 내게 더 이상의 삶은 없구나 하는 절망감에 눈앞이 캄캄해졌다. 아무리 구형이라고 해도 무기징역이 나온 마당이라 크게 감형될 거라는 희망이 없었다. 이제 새로운 인생을 살아가려고 장애인운동을 하면서 사회봉사에 눈을 떴는데, 모든 것이 수포로 돌아가게 되었다. 구형 이후 나는 바로 청주경찰서에 구속이 되었다. 검찰은 작정을 한 듯 동생들을 줄줄이 잡아가더니 그들이 모든 것을 자백했으니 인정하라고 했다. 교도소에서 죽을 팔자라는 생각 밖에는 들지 않았다.

당시 나는 이원종 지사의 권유로 장애인운동에 관심을 가지고 충북장애인 협회장과 청주농구협회장를 하면서 지역 사람들과 좋은 관계를 유지해 나가고 있었다. 그런데 검찰의 기소 내용 중에는 장애인 협회장을 하면서 받은 후원금을 개인적으로 착복

했다는 사실도 있었다. 억울했다. 나도 병신인데 설마 그 사람들 돈을 먹었을까, 도저히 인정할 수 없었다. 나를 가까이에서 지켜본 사람들 역시 답답하게 생각했다. 교육계와 언론계 어른들까지 내 죄에 대해 진정서를 넣자, 검찰도 이해할 수 없다는 분위기였다.

지역주민들 행사에 유명 연예인들이 대거 참석해서 기금도 내주고 지역발전에 신경을 썼다는 일화까지 알려져 많은 지인들이 신용식이 이전과는 다른 인생을 살기 시작했다고 생각하고 있었는데, 구속 소식을 듣고는 하나같이 당황스러워했다. 한편으로는 과잉수사가 아닌가라는 의혹도 있었다. 당시 서울 중앙수사부 강력부에서 남기춘이라는 검사가 청주지검 부장검사로 와 있었다. 나를 향정신성의약품 위반으로 1년 6개월을 살게 한 것도 남기춘 검사였는데, 그가 청주로 내려오면서 다시 만나게 되었다.

이후 남기춘과 두 번째로 부딪쳤는데 그때 역시 좋은 만남이 아니었다. 검사들이 주로 드나드는 청주의 한 술집에 간 적 있었는데 때마침 남기춘 일행도 그곳에 와 있었다. 건달들이 와서 설쳐대니까 무슨 일하는 것들인지 알아보게 했을 것이고, 마침 예전 나와의 인연을 확인했을 것이다.

또한 청주지검으로 부임한 지 얼마 되지 않아 의욕도 충천했을 테고 뭔가 큰일을 해보고도 싶었을 것이란 짐작이 갔다. 신용식이야 슬쩍만 떠들어 봐도 화려한 전과가 있으니 잘만 하면 크게 한 건 할 수도 있었을 것이다. 내 예상이 맞기라도 하듯 남기춘 검사는 아무 관련 없는 동생들까지 불러서 조사를 했고, 그들의 입을 통해서 모든 혐의를 내게 불리하도록 만들었다. 청주 최대 폭력조직을 일망타진하고 싶은 그의 욕망은 그러나 여기저기서 발목을 붙들었다. 그때 나는 우리 조직이 와해되는 걸 막기 위해서 모든 죄를 떠안고 1심 선고 10년을 받고는 대전교도소로 갔다. 동생들은 내게 책임을 돌릴 수 있지만 나는 그럴 수 없었다. 내가 책임을 지지 않으면 또 다른 갈등과 문제가 발생하기 때문에 내가 책임지는 것이 가장 깔끔한 방법이었다.

마지막 선고가 내려질 때까지 힘든 시간을 보내야만 했다. 고마운 것은 그동안 내가 충북지역 장애인협회장을 지내며 지역민들과 별 탈 없이 지낸 덕분에 여기저기서 나에 대한 진정서가 접수되고 있다는 사실이었다. 그런 기대는 바라지도 않았는데, 장애인단체에서 시위를 하고, CBS 사장까지 나서서 나에 대한 형벌이 과하다는 진정서를 내 주었다. 충북도지사를 비롯해 은사였던 김영세 교육감, 언론인 이상훈 씨까지 억울함을 주장했지만 작정하고 덤빈 듯 검찰은 꿈쩍도 안 했다. 수사를 했지만 내가 직접 관여했거나 돈 받은 사실이 없자, 친하게 지내는 여자들까지 엮어서 가정파괴범으로 만들려는 것이었다. 도저히 참을 수 없었던 나는 남기춘 부장검사를 만났을 때 작정하고 말했다.

"당신 서울대학교 나왔지? 나는 고등학교 졸업장 받으려고 이 학교 저 학교 돌아다니느라 공부를 못해서 겁나게 무식하다. 근데, 너처럼 공부 많이 한 엘리트라는 사람이 무슨 조사를 이따위로 하나?"

1차 선고를 기다리는 깡패가 부장검사한테 한마디 했더니, 그도 잠깐 당황하는 눈치였지만 이내 불쾌한 표정으로 날 쏘아보며 말했다.

"신용식 씨, 당신은 지금 피의자 신분입니다. 그것도 아주 잔인한 조직폭력 수괴죄라는 걸 모르세요? 이거 이거 아직도 정신 못 차렸구만!"

나를 보며 비아냥거리던 그의 눈빛은 아직도 잊히지 않는다. 그들 눈에 나 같은 사람은 그저 사회로부터 격리시키거나 분리해야 할 쓰레기 정도로밖에 안 보였을 것이다. 자신들이 그런 일을 깨끗하게 해치워야만 사회가 정화되고 깨끗해질 거라는 교만한 자부심으로 가득 차 있으니, 내 얘기가 귀에 들어올 리 없었다. 그렇다고 기죽을 나도 아니었다.

"나 같은 깡패새끼도 너처럼 비겁하게는 살지 않는다. 없는 죄까지 만들어서 날 잡아넣어야 출세할 것 같으면,

나를 아주 사형시켜라!"

　내가 소리를 지르자 노려보던 남기춘이 자리를 벗어났다. 재판정에 모여 있던 사람들도 나의 진정성을 조금은 알아주는 듯 여기저기서 한숨소리를 냈다. 남기춘 앞에서 큰소리는 쳤지만 사실은 무섭고 두려웠다. 새로운 인생을 살아보려고 했는데, 기회마저 잃었으니 끝이었다. 화장실로 들어간 나는 참았던 눈물을 쏟아내기 시작했다. 잘 못 살아온 내 인생이 불쌍해서 견딜 수가 없었고 그런 나를 끝까지 믿어주지 않는 남기춘이라는 세상에 대한 분노를 참을 수가 없었다. 피를 토하듯 그렇게 두 시간 이상을 울고 나서야 나는 정신을 차릴 수 있었다.

　다행히 1심 재판은 무기징역에서 10년 형으로 감해졌고 청주에서 대전교도소로 이감되었다. 나는 끝까지 조직폭력 수괴죄를 인정하지 않았고, 최종선고에서 5년 형을 받았다. 당시 이상원 부장판사가 선고를 내렸는데, 모든 사실이 무죄로 밝혀졌지만 그래도 무죄로 석방할 수는 없어 최하징역을 준 것 같았다. 무기징역에서 5년 선고를 받으니 죽음의 문턱에서 살아난 것만 같았다. 여기가 끝인가 하면 다시 살게 하고, 이제 그만이라고 포기하는 순간 신은 내게 슬며시 손을 내밀었다. 또 다른 벌을 주기 위해서 손을 내민 것인지 인간답게 살게하기 위해서 한 번 더 기회를 준 것인지, 형이 확정되는 순간 나는 만감이 교차했다.

　그러나 마음을 추스르기도 전에 재판으로 인한 극도의 스트레스가 쌓였던 것인지 그만 교도소 안에서 쓰러지고 말았다. 뇌출혈로 인한 중풍이었다. 의사 말에 의하면 열두 군데가 터져서 살아난 것이 기적이라고 했다. 다리병신으로 살아온 세월도 힘들었는데, 중풍까지 맞아 누워 있으니 꼴이 말이 아니었다. 죽을 팔자도 아니고 살 팔자도 아닌 것을 보면 받을 벌이 더 남아 있다는 생각밖에 안 들었다.

신은 내게 사랑과 봉사라는 벌을 주었다

어머니를 위한
행복한 거짓말

　교도소에서 어머니께 평생 못한 효도를 다 했다. 어릴 때는 두 분의 큰어머니들 덕분에 친어머니가 눈에 잘 안 들어왔고, 학교 다닐 때는 친구들하고 싸돌아다니느라 어머니의 존재를 크게 느끼지 못했다. 나 같은 아들을 둔 죄로 뒤치다꺼리하러 다니기 바빴을 텐데, 한 번도 당신 인생을 연민하는 걸 보지 못했다. 당신이 선택한 삶을 후회하지도 않았고, 아들의 인생을 부인하려 들지도 않았다. 어쩌면 어머니의 그런 깔끔한 성격 때문에 아무 때

나 달려가 덥석 안기지 못했는지도 모른다.

아버지가 돌아가시고 심란한 집안이 정리되자 어머니의 건강도 나빠지기 시작했다. 살아온 세월이 있고 쌓인 한이 있었을 테니 그동안 버틴 것만도 다행이었다. 품어지지 않는 아들이 돌아오길 그토록 오랜 시간 기다렸는데, 어머니와 나는 병든 몸으로 재회하고 말았다. 어머니는 폐암으로, 나는 중풍 걸린 몸으로 병원에서 마주하고 보니 기가 막혀 말이 나오지 않았다.

더구나 나는 청주 교도소에 수감된 몸으로 병원에 입원해 있을 때였다. 처음에는 어머니가 그 병원에 입원해 계시다는 소식을 알지 못했다가 우연찮게 소식을 듣고는 안달이 나서 누워있을 수가 없었다. 불효자에게 어머니를 볼 마지막 기회를 준 것은 아닌가 싶어 가슴이 무너졌지만 죄인의 처지라 행동이 자유롭지 못했다. 전전긍긍하던 차 누가 내 딱한 사정을 전한 것인지 어머니를 만날 수 있는 길이 열렸다. 휠체어를 탄 채로 어머니가 입원해 있는 병실로 가는데, 마음이 천근같았다. 이런 초라한 모습으로 죽을병에 걸린 노모를 만나러 가다니, 기쁘고 떨리고 두려웠다.

내 사정을 제대로 알 턱이 없는 어머니는 아들을 만났다는 것만으로도 한없이 기뻐하셨다. 새까맣게 말라 한주먹이 된 몸으로 나를 안고서 아이처럼 좋아하시다가 물었다.

"용식아, 너 미국서 언제 왔나?"

신은 내게 사랑과 봉사라는 벌을 주었다

내가 눈에 띄지 않으면 어머니는 늘 미국에 간 줄 알았다. 형과 동생들이 그리 둘러댄 모양이었다. 어머니 때문에 한 번도 가보지 않은 미국을 여러 차례 다녀왔으니, 나도 참 징글징글한 놈이다. 순간은 당황했지만 어머니가 환하게 웃고 있어서 다른 말을 할 수가 없었다.

"엄마, 나 미국서 엊그제 왔는데 바빠서 이제 왔어. 다음에 올 땐 미국에서 사온 선물 가져올게."

"아이고 그래. 고맙다. 근데, 용식아 너 왜 휠체어 타고 다니냐?"

아프긴 해도 어머니는 정신이 멀쩡하셨다. 아들의 몸이 어딘가 수상한지 자꾸만 위아래를 훑어보았다. 어머니가 혹여 눈치라도 챌까 봐 나는 얼른 말을 돌렸다.

"엄마, 의족 수리하느라고 **빼놨어**. 당분간은 휠체어 타고 다녀야 해."

"그렇구나! 근데 용식아, 나랑 같은 병실 쓰면 안 된다니?"

어머니는 나랑 함께 있고 싶어 하셨다. 나도 뇌출혈 후유증이 있어 오랜 시간 치료를 받아야 하지만 그 전에 나는 범죄자라 경찰을 대동하지 않으면 일반인 병실 출입을 할 수 없었다. 어머니가 내 팔을 붙들고 간절하게 말하는 걸 외면하자니 가슴이 미어졌다. 그 쉬운 일 하나 들어주지 못한 채 어머니를 보내야 하는 것이 당시의 내 처지였다. 하지만 나는 어머니께 약속했다.

"엄마, 내가 맨날 올 테니까 걱정하지 말고 치료나 잘 받
어."

어머니를 달래놓고 돌아서서 눈물을 훔쳤다. 그리고 이튿날부
터 나는 교도소로 돌아가는 날까지 매일같이 어머니 병실을 찾
아갔다. 하루하루 안색이 달라져 가고 있는 어머니 앞에서 노래
도 부르고 바보처럼 춤을 추기도 했다. 어머니는 세상에 없는 효
자를 바라보는 양 마냥 행복해하셨다. 먹을 것이 있으면 감춰 뒀
다가 내 입에 넣어주었고, 어느 때는 잘린 내 다리를 만지면서
눈물을 흘렸다.

"아이고! 이렇게 잘생긴 우리 아들 다리가 이래서 어떡
헌다니! 용식아, 절대로 밥 굶지 말고 기죽지 말고 살어
라이."

어머니와 함께 있는 동안은 시간이 너무 빨리 지나갔다. 어머
니는 하루하루 이승에서 멀어지고 있었고 나는 교도소로 돌아갈
날이 점점 가까워지고 있었다. 어머니께 나는 다시 미국으로 출
장을 떠난다고 거짓말을 해야만 했다. 어머니는 잘 다녀오라고
하셨다. 교도소로 돌아온 지 이틀 만에 어머니가 돌아가셨다는
연락을 받았다. 어머니는 마치 나하고의 이별을 예감한 듯 밥 잘
먹으라는 마지막 당부를 남기고는 홀연히 떠나셨다.

어머니가 떠나가신 뒤 나는 내 삶의 무게를 더 크게 느꼈다.

친구와 조직과 국가라는 이념보다 더 무섭고 중요한 것이 부모다. 특히 어머니 앞에서는 한없이 연약하고 걱정스러운 한 인간일 뿐이다.

아내는 내 인생의 마지막 선물이다

지금의 아내는 내가 가장 힘든 시기를 보낼 때 만났다. 6개월을 넘기지 못하고 이감되는 교도소 생활을 할 때, 아내는 최악의 팔도유람을 다 했다. 일주일 내내 번 돈을 남편 옥바라지하느라 팔도를 누비고 다녔으니 몸 고생과 마음고생이 이루 말할 수 없었을 것이다.

유럽에서 큰 상을 받을 정도로 헤어디자이너로서의 실력이 좋은 아내는 그러나 나와의 인연 때문에 더 크게 성장하지 못했다.

신은 내게 사랑과 봉사라는 벌을 주었다

주변의 시선 또한 좋지 않아서 많이 외로웠을 것이 뻔하다. 아내의 그러한 사정이야 어찌 되었든 나는 늘 아내를 기다렸다. 마치 어린아이가 엄마를 기다리듯 아내가 오는 날이면 설레서 다른 때보다 시간이 더디 가는 것만 같았다. 그러다 아내를 만나면 눈물을 흘리느라 정작 하고 싶은 말은 모두 잊어버렸다. '정말 미안하다고, 보고 싶었다고, 고맙다고, 사랑한다' 한마디쯤은 하고 싶었는데 면회 시간이 왜 그리 짧은지 늘 돌아서서 후회만 했다. 그래야 멋있는 줄 착각해서 살다 보니 쉬운 말이 어려운 말이 되어버렸다.

한번은 아내에게 못 할 짓을 시키는 것 같아서 냉정하게 말한 적 있었다.

"여보, 당신한테는 자유가 있으니까 떠나고 싶으면 언제든 떠나도 돼."

한참 동안 눈물을 보이던 아내가 말했다.

"등신, 당신이 붙들어서 있는 거 아니야, 내가 좋아해서 붙어 있는 거지."

아내는 신념이 강하고 주체적인 여자라 내가 붙든다고 있을 사람은 아니지만, 아내가 병약해진 나를 두고 떠날 만큼 모질거나 야박한 여자가 아니라는 사실을 알기 때문에 더 미안했다. 젊은 시절에는 무엇이 사랑인 줄도 몰랐고 사랑하는 방법도 미숙했다. 뜨거운 피를 주체할 수 없어서 만난 인연들마다 사랑인 줄 알았는데 지나고 보니 그건 사랑이 아니라 그냥 지랄병이었다. 뜨거움을 식히려 했던 방황은 사랑이기보다 급한 불을 끄기 위해 사랑으로 포장한 비열함 같은 것이었다.

젊을 때의 순수함도 이기적으로 변질되는 순간 무모하고 위험한 사랑이 될 수 있다는 것을 철이 들면서 깨달았다. 비뚤어진 사랑이 상대에게 얼마나 큰 상처와 혐오를 남겼는지 확인하면서 살아야 하는 까닭이다.

아내는 내 인생의 마지막 친구이고 연인이자 스승 같은 사람이다. 물론 아내 말고도 이성이 아닌 사회적 친구로 지내는 인연들도 많다. 세상에 대한 이야기가 하고 싶을 때 아무 부담 없이 전화할 수 있는 청주의 지성과 미모 주혜란 박사도 있고, 언제라도 격의 없이 만나 수다 떨 수 있는 인연들도 많다. 그 인연들 모두 남자와 여자로 만나지 않았기에 지금까지 유쾌한 인연으로 지낼 수 있는 것이다. 그래도 내 구질구질한 인생을 속속들이 알아주는 아내만 할까.

그녀는 너절하고 보잘것없는 내 인생의 막을 내리려던 어느 순간 신의 마지막 선물인 양 내게 와주었다. 아내를 통해 진정한 사랑이 무엇인지 깨닫고 살라는 깊은 뜻임을 나는 알고 있다. 꽃 한 송이 풀 한 포기에까지 진정을 다하는 아내에게 비로소 멋쩍은 사랑 고백을 보낸다.

한쪽 다리가 없어진 이후로는 누군가를 사랑하는 일이 구차하게 느껴져 연애에 대한 가치관이 바뀌었다. 적극적이다 못해 도전적으로 연애를 했던 전과 달리 내가 먼저 상대에게 손을 내밀어 구애하는 일은 만들지 않았다. 가끔은 나이가 들어 몸이 불편해진 것도 크게 나쁘지 않다는 생각도 든다. 주체할 수 없었던 젊은 시절의 욕망은 이제 잔설처럼 남아있을 뿐이지만 몸과 마음을 다스릴 수 있는 평정심이 생겨 한결 마음이 편안하다.

새삼 신의 능력이 위대하게 생각되는 것은 나 같은 놈도 빠트리지 않고 이빨 빠진 호랑이로 만든다는 것이다. 늙고 병든 수컷 호랑의 몰골을 보면 저놈이 한때 정글을 호령하던 그놈인가 싶을 때가 있다. 털은 빠지고 눈동자는 흐려지고 걸음은 느려진 수컷 호랑이가 남은 생을 무사히 마치려면 암컷의 눈치를 봐야 한다. 비참하다고 생각할 수도 있겠지만 천지만물 어느 것도 피할 수 없는 것이 자연의 법칙이니 억울할 것도 없다. 정글의 세계에서 자연의 순환이야말로 건강한 생태계를 만들기 위한 불가역적 아니겠는가.

아내와 나는 좋은 친구요 동반자가 되었다. 굳이 말하지 않아도 말이 통하고 애써 행동하지 않아도 무엇이 필요한지 알고 있다. 하루도 빼놓지 않고 정성스럽게 화초를 가꾸는 아내를 보면 더없이 평화롭고 행복하다. 나 때문에 아내가 더 빨리 늙은 것 같아서 항상 미안하지만 그래도 오래오래 함께하고 싶다.

신은 나를 지켜보고 있었다

어느 날, 아내가 면회를 오더니 아들에 대한 얘기를 꺼냈다. 한참을 망설여서 내가 짜증 섞인 소리로 빨리 말하라고 다그쳤더니 아내가 조심스럽게 말했다.

"여보, 어쩌면 좋아! 어떡해!"

아내가 울면서 전한 이야기는 아들이 사람을 죽여서 구속되었다는 소식이었다. 그 순간 나는 머릿속이 하얘졌다. 손이 떨리고 가슴이 벌렁거리며 현기증이 일었다. 아내가 정신 차리라고 소

신은 내게 사랑과 봉사라는 벌을 주었다

리치지 않았더라면 면회소 바닥으로 내려앉았을 것이다. 아내를 보내고 돌아와 생각하니 신이 나에게 가장 큰 형벌을 내렸다는 생각이 들었다. 지금까지 받은 그 어떤 벌보다 가장 크고 무서운 형벌이 내려진 것이었다. 무섭고 두려웠다. 한 번도 무서울 것이 없었는데, 삶이 이토록 무섭고 잔인하다는 것을 아들을 통해 일깨우게 했다.

밤마다 내 지난날들이 파노라마처럼 펼쳐지면서 무엇이 잘못되었는지 무엇에 대한 형벌인지 꿈속에서 신이 말해주었다. 모든 것이 내 책임이었다. 부모는 자식의 거울이라고 했거늘, 내가 아들의 시커먼 거울이 된 셈이었다. 맹자의 어머니는 아들이 좋은 환경에서 공부할 수 있도록 세 번이나 이사를 하고, 요즘 애들은 치열한 사교육을 받느라 밤잠을 안 자고 공부하는데, 나는 아들을 데리고 쌈질이나 하러 다녔다. 아들 눈에 나는 대장이고 보스고 어딜 가나 대접받는 사람이었으니 멋있게 보였을 것이다. 보는 사람마다 아들 손에 돈을 쥐여 주며 친절을 베풀었으니 아버지가 대단한 사람인 줄 오해했을 것이다. 무엇이 올바른 것이고 무엇을 위해 살아야 행복한지 가르치지 못하고, 이기는 법만 가르쳤으니 당연한 결과인지도 모른다.

부전자전父傳子傳이라는 말이 그처럼 무서운 뜻인 줄 깨닫는 데 오랜 시간이 걸렸지만 아들의 삶이 더 이상 망가지는 꼴을 두고 볼 수는 없었다. 나는 가족과 지인들을 모두 동원해서 아들의 삶이 변할 수 있도록 도와달라고 했다. 지은 죄값은 당연히 받아야 하지만 아들이 새로운 삶을 꾸려 가는데 필요한 가르침과 응원을 부탁했다.

한참 된 이야기지만 그때를 생각하면 아직도 가슴이 아려서 아들의 얼굴을 똑바로 쳐다볼 수가 없다. 달라진 아들이 대견하기도 하면서 한편으론 미안한 마음이 크다. 그래서 유언 아닌 유언 같은 말을 아들에게 남겼다.

"애야, 밖에서 큰소리치고 힘쓰는 놈들 다 소용없단다. 내 새끼하고 내 마누라한테 대접받고 사는 놈이 가장 행복한 거야. 겉으로 화려하고 대단해 보이는 것들도 까보면 다 허세고 속이 없단다. 아들아, 못난 아버지처럼 살지 말고 좋은 가정 만들어서 알콩달콩 살기 바란다."

아들은 내 말을 이해했을 것이다. 내가 그동안 달고 다니던 수많은 수식어를 스스로 부인한 꼴이지만 아들을 위해서였다. 떳떳한 인생을 살기 위해서는 그 어떠한 청탁이나 부탁도 거절해야 하고, 자신만의 능력으로 살아가야 죄의 고리를 끊어낼 수 있다는 조언이었다. 더 이상 무슨 부탁이든 다 들어주는 그런 아버지가 아니라는 경고이기도 했다. 아들이 내 당부를 이해하는 눈치여서 고마웠다.

신은 내게 사랑과 봉사라는 벌을 주었다

아들한테는 좋은 아빠로 기억되고 싶다. 한 인간으로는 좋은 평가를 받지 못했지만 이제라도 아들과 눈을 맞추며 별것도 아닌 이야기를 해가며 웃고 싶다. 작고 소소한 이야기들이 얼마나 큰 행복을 주는지 알고 나니까, 순간순간이 더없이 소중하다.

세상의 모든 아버지들이 그렇겠지만 자식을 위해서라면 무엇이든 희생할 수 있다. 그 희생이 설령 위험한 일이라고 해도 내 자식을 위한 일이라면 마다할 수 없는 것이 부모 마음이다. 하지만 딱 한 가지, 자식이 옳지 않은 길로 가는 것을 그냥 두고 볼 수는 없다.

내가 아무리 험한 인생을 살았다고 해도 자식을 둔 부모라는 사실은 변하지 않는다. 그 사실 앞에서는 언제나 약자일 수밖에 없다.

조직보다 진한 게 혈육이다

　나는 부모뿐만 아니라 형제들에게도 빚이 많다. 한 집안을 흥하게 하는 것도 자식이고 한 집안을 망하게 하는 것도 자식인데, 나는 아마 후자에 속할 것이다. 다른 집보다 형제들이 많아 더 풍요롭게 지낼 수 있었을 텐데, 나는 처음부터 내 길이 정해져 있는 양 한참을 돌고 돌아와 깊은 회한에 잠겼다. 특히 큰형님은 나 때문에 죽은 것이나 마찬가지다. 내가 사고만 치지 않았더라면 형님은 그리 허무하게 죽지 않았을 것이다. 형님은 아버지가 물려주신 땅으로 큰 농장을 하셨다. 배다른 형제지만 나한테는 부친 이상으로 늘 고맙고 듬직한 형님이었다. 다리 불편한 동생이 늘 마음에 걸리는지 항상 짠한 마음으로 대해주었다.

　무슨 일을 할 때면 다른 형제들보다 나를 먼저 생각해줬고, 밖에 나갔다가 나에 대한 이야기를 들으면 언제나 내 입장에서 이해해 주었다. 그때는 형님의 그러한 행동을 당연하게 받아들였는데, 그 역시 한없이 이기적인 생각이었다. 형님이 감당했을 삶의 무게는 생각 못 했다.

　당시 공군부대사건으로 나는 중형을 선고받아 변호사를 선임해야 했다. 나는 구속된 상태라 형님이 모든 걸 알아보려고 여기저기 수소문하고 다녔다. 농장일도 바쁜데, 내가 구속됐다는 소식을 듣고는 마음이 급한 나머지 트랙터를 몰고 시내로 나가던 길에 그만 전복사고를 당하고 말았다. 동생의 구속을 막으려고 땅까지 팔아서 변호사 비용을 마련하려고 이리 뛰고 저리 뛰어다니다가 사고를 당했다는 소식을 들으니 고개를 들 수가 없었다. 모두 나 때문이라고 울부짖는 형수님을 차마 쳐다볼 수가 없어 고개만 숙이고 있었다.

　형님이 돌아가신 뒤 나는 동생들에게 재산에 욕심내지 말자고 했다. 동생들은 서운할지 모르지만 돈 때문에 형제들과 불협화음을 만들기도 싫었고 돌아가신 형님한테도 좋은 모습이 아닐 듯싶었다. 다행히 동생들은 내 뜻을 이해해주었지만 조카들의 이해까지 바라기는 어려웠다. 똑같은 자식인데 누구는 더 받고 누구는 못 받았다면 당연히 서운할 것이다. 그러나 그 서운함으로 끝나는 것이 낫지 더 큰 분란을 만들어 형제끼리 으르렁댄다면 부모님과 형님을 더 욕되게 할 것이란 생각이 든다.

또, 내 바로 아래 동생의 주먹은 나보다 한 수 위인데, 나한테 가려져 있어 항상 제 실력을 다 발휘하지 못하고 살았다. 오죽하면 별명을 녹두장군이라고 불렀겠는가. 한번은 동생하고 내 똘마니가 싸움이 붙었는데, 나는 동생 편을 들지 않고 똘마니 편을 들어주었다. 이유를 막론하고 내 동생부터 기를 죽여 놨더니 한이 되었는지 나하고 십 년 동안 말을 섞지 않았다. 오죽 서운했으면 그럴까 싶기도 했지만 나로서는 조직원 편을 들 수밖에 없었다. 동생이라고 봐주면 누가 조직을 위해서 일하고 희생하겠는가. 동생이 분노하며 내게 물었다.

"야! 내 형 맞냐? 저놈을 패야지 어떻게 동생인 나를 패냐?"

널브러진 동생을 두고 아무렇지도 않은 척 뒤돌아서자니 패륜을 저지른 것 같아 마음이 무너져 내렸다. 형이라는 인간이 동생을 좋은 길로 인도해도 모자란 판에 매번 주먹질로 본을 보였으니, 동생 눈에도 나는 그냥 깡패새끼일 뿐이었을 것이다. 시간이 한 참 흐른 뒤에 동생에게 말할 수 있었다.

"너는 내 동생이니까 맞아도 안 떨어지지만 조직은 의리

로 뭉친 사람들이라 의리가 깨지면 바로 흩어지잖니. 경
식아, 미안하다."

동생은 비로소 날 이해하는 것 같았지만 그날의 일이 쉽게 잊
히지 않는 걸 보면 진짜 의리가 아니라 허세 때문에 그랬다는 생
각도 든다.

맘 같아선 어릴 때처럼 모두 모여 제사도 지내고 명절 기분도
내고 싶은데, 내 죄가 커 그런지 형제들과 조카들이 쉽게 받아들
이질 않는다. 내 자식들 또한 사촌들과 친하게 지내지 못하는 것
같아서 마음이 무겁다. 시간이 좀 더 필요할지도 모른다. 상처는
상처받은 사람들이 용서를 해야 끝나는 것이다. 언젠가는 어릴
때처럼 우리 가족 모두 옹기종기 모여서 명절 상도 차리고 부모
님 산소도 함께 가는 그런 날이 올 것이라 믿는다. 먼저 가신 큰
형님도 아마 우리 형제들이 그런 의리로 뭉쳐 살길 바랄 것이다.

돌을 사랑했던 우상의 죽음

앞에서도 언급했지만 곽우영 형님은 아버지 이상으로 믿고 따르던 형님이었다. 서울에서 내려와 청주 지인의 회사에서 임원으로 일을 하던 스무 살 무렵 형님을 처음 만났다. 친구 정영찬과 정완섭, 이병용, 권우중 등 충청일보 사회부 기자를 하던 김익교와 어울려 다닐 때 곽우영 형님을 만났는데 보자마자 내게 말했다.

"나는 잘생긴 놈이 좋더라. 잘생긴 놈들은 거짓말을 잘

신은 내게 사랑과 봉사라는 벌을 주었다

안 하거든."

나는 그 말이 참 듣기 좋았다. 잘생겼다는 말은 하도 들어 익숙했지만 거짓말을 안 한다는 말은 처음 들었다. 청주 바닥에서 싸움만 났다 하면 내가 주먹을 휘두른 줄 알고 의심받았는데, 형님은 나를 정직한 놈으로 판단했다. 사람을 보지도 않고 의심하고 판단하는 세상인데 그는 처음부터 나에게 믿음과 신뢰를 보내주었다. 그런 그를 따르지 않을 수가 없었다. 그는 나에 대해 익히 알고 있었다면서 한 가지 애정 어린 조언을 해주었다.

"용식아, 니가 몇천 명을 거느리고 있어도 너한테 충성
하는 놈은 몇 안 될 거다. 하지만 니가 비겁하지 않게 네
욕심만 챙기지 않는다면 그 조직은 절대 죽지 않는다."

청주에 청소년자활회를 만든 것도 형님의 좋은 일 하라는 조언 때문이었다. 안 좋은 결과를 만들고 말았지만 그분에 대한 나의 존경과 신뢰는 한 번도 변함이 없었다.

형님이 잘 나가던 영화산업을 접고 음성으로 가 석재 사업을 한다고 했을 때 이해가 가지 않았다. 호텔 사업이나 유흥업을 하면 더 큰 돈을 벌 텐데 왜 돌로 사업을 하겠다는 것인지 궁금해서 물었다.

"형님, 왜 하필 돌입니까? 요즘 호텔이나 유흥업 하면

잘 되는데."

형님이 큰 덩치를 움직이며 말했다.

"용식아, 돌은 거짓이 없잖니. 길거리에 채는 것이 돌이
지만 돌은 아주 정직해서 좋아."

말은 그렇게 했지만 형님도 영화산업을 하면서 나름대로 마음
고생을 한 모양이었다. 더구나 영화산업은 큰돈이 몰리는 곳이
고 각종 이권이 걸려 있는 문제였을 것이다. 오죽하면 그래서 사
업은 경영자가 하는 것이 아니라 사기꾼이 하는 것이라고 했을
까. 짐작건대 형님도 아마 그런 인사들과 부딪치고 깨지다 보니
세상에 대한 멀미가 생겨 돌 타령을 했던 것인지도 모른다.

아무튼 형님은 음성의 돌산을 개발해서 일본으로 화강암을 수
출했다.

음성의 화강암이 좋은 것은 중생대 백악기의 분지에서 채굴하
기 때문이라고 했다. 음성천 유역의 분지에서 채굴하다 보니 엄
청난 뻘 속에서 돌을 캐는 형국이었다. 돌을 산에서 캐는 것이
아니라 하천에서 캔다는 것이 처음에는 이해가 되지 않았지만
형님이 새삼스레 공룡이 살았던 1억 년 전의 중생대가 어떻고 백
악기가 어떻고 하면서 자연과학에 대해 설명할 때는 머리에 쥐
가 나면서도 한편으론 대단히 멋있어 보였다. 하찮은 돌인 줄 알

있는데, 돌에도 그처럼 멋진 역사와 자신만의 이야기를 가지고 있다고 생각하니까 돌보다 내가 더 하찮은 인간인 것 같았다. 형님도 아마 돌에 대한 애정 없었으면 그처럼 열심히 공부하지 않았을 것이다. 복싱을 하고 영화 사업을 할 때와는 전혀 다른 모습이라 보기 좋았다.

자신은 돌을 일본에 팔아 엔화를 벌어들이니 국가사업에 일조하는 것이라며 뿌듯해했는데, 형님은 안타깝게도 환갑의 나이에도 이르지 못하고 돌아가셨다. 내가 신경식 의원 선거법 위반으로 교도소에 들어가 있을 때였다.

하루는 한 동생이 면회를 와 형님이 죽었다고 말해주었다. 나의 우상이 죽다니, 도무지 믿기지 않는 사실이었지만 교도소에 있는 처지라 빈소조차 찾아갈 수 없어 참담했다. 내 인생에 커다란 영향을 준 한 사람과의 인연이 끝났다고 생각하니 그렇게 허무할 수가 없었다. 형님의 사망 원인은 위암이었다. 누군가와 잘못된 인연으로 아무 죄 없이 도망 다니다가 그렇게 되었다는 소식을 들을 수 있었다. 그는 덩치만 컸지 겁이 많은 사람이었다. 겁이 많다는 것은 그만큼 정직하다는 뜻이었다. 겁이 많아서 남에게는 절대로 피해를 주지 않았고, 내게는 항상 정도를 지키며 살라고 했는데, 정작 본인은 짧은 생을 마감하고 말았다.

장례식은 동생들에게 부탁해서 잘 치르도록 했다. 이후 교도소에서 나와 형님 산소에 찾아가 술 한 잔 올리자니 때늦은 슬픔이 꾸역꾸역 치밀었다. 해가 저물도록 형님 산소에 엎드려 있다가 내려와 보니 세상이 많이 달라져 있었다.

　형님은 살아생전 청주에 많은 도움을 주었다. 청주에서 돈을 버는 사업가로서의 사회적 책임도 져야 한다면서, 적잖은 기부와 봉사, 기증을 한 것으로 아는데, 그를 기억하는 것들이 모두 사라져 버리고 없었다. 속이 상했던 나는 형님의 흔적을 다시 복원시키려고 체육회 간부들을 만나 설득했다. 형님 아들 이름으로 다시 비석을 세우고, 그의 유지가 잘 관리 될 수 있도록 조치를 취하고 나니 비로소 내 할 일을 다 한 듯싶어 마음이 한결 가벼워졌다. 한 사람이 남기고 간 공덕이나 발자취는 많은 이들에게 귀감이 되고 사회의 건강한 가치관을 만들어준다. 갈수록 각박해지는 세상에서 나눔과 봉사는 매우 힘든 일이다. 그럼에도 내가 지금까지 사랑과 봉사라는 행복한 벌을 수행하고 있는 것은 곽우영 형님 같은 분의 정신을 이어가기 위해서다.

　　　　　　　　　　신은 내게 사랑과 봉사라는 벌을 주었다

진짜 협객이 되고 싶었다

　조직폭력 수괴죄를 선고받고 마지막으로 교도소에 들어갔을 때다. 아무리 사방이 막힌 교도소 안이라고 해도 들어오는 재소자가 누구인지 대충은 알고들 있었다. 똘마니가 아닌 보스급 재소자들은 다른 재소자들을 분열시키거나 선동할지도 모른다는 경계심으로 자주 이감을 시킨다. 나 역시 청주교도소를 거쳐 대전, 부산, 김해 안양교도소 등 5년 동안 6개월마다 이감 생활을 했다. 아무 예고 없이 어느 날 새벽 이감 통보를 받고서 혼자 호송차를 타고 떠날 때마다 나는 혹한의 광야에 서 있는 듯 마음이 시리고 아팠다. 언제까지 뿌리 없이 떠다니는 인생으로 살아야 하나 하는 생각으로 차창 밖을 내다보며 눈물을 흘렸다.

한편으로는 이 고통의 끝에는 분명 좋은 뜻이 있을 것이다, 라는 생각이 들면서 남기춘 검사에 대한 원망과 분노의 마음이 조금은 가라앉았다. 그를 용서하지 않으면 새 인생을 살 수 없을 거라고 위안 삼았다.

익숙해질 만하면 이감되다 보니 다른 재소자들과 정 붙일 틈도 없었다. 그러나 나는 그들과 잘 지내려고 노력했다. 처음에는 나에 대한 소문만으로 두려워하며 가까이하려 하지 않았지만 시간이 지나면서 소문과는 다른 사람이라는 걸 알고는 친근하게 다가왔다. 조직의 냉정함만 알고 있다가 형님처럼 또는 동생처럼 지내다 보니 멀리 있는 가족보다 낫다는 생각도 들었다.

바깥세상에서는 보스 노릇을 하느라 호기를 부렸지만, 교도소 안에선 누구나 똑같은 입장이었다. 팔과 다리를 제대로 못 쓰는 나보다 오히려 그들의 힘이 더 크게 작용할 수도 있었다. 힘쓰던 놈들은 언제든지 힘자랑을 하려 할 수도 있기 때문에 수족이 불편한 나로서는 당연히 불리한 위치였다. 꼭 그래서 그들과 우호적으로 지내자고 작정한 것은 아니지만 나는 한 번도 문제를 일으키지 않았다. 바닥까지 추락한 주제에 무슨 힘자랑을 하겠다고 불협화음을 만들겠는가. 동병상련의 마음으로 바라보니 그들도 나도 나약한 사람일 뿐이었다.

밖에서 듣던 것과는 다르게 농담도 잘하고 친근하게 대해주자 많은 재소자들이 날 따랐다. 시간이 날 때마다 불편한 몸을 주물러 주기도 하고 필요한 것은 없는지 챙겨주기도 했다.

나는 진짜 협객이 되고 싶었다. 사람을 상해하고 푼돈 가지고 싸우는 그런 깡패가 아니라 나라와 국가를 위해 뭔가 큰일을 하고 싶었고, 인간에 대한 의리와 정의를 위해서 힘을 쓰는 그런 협객으로 살고 싶었는데, 그런 희망은 요즘 애들 말로 슈퍼맨이나 아이언 맨이 되고 싶은 꿈과 다르지 않은 것이었다.

의협심과 단체는 폭력과 조직으로 변질되어 건달이 깡패 되고 깡패가 조폭이 되었다. 아무리 씻어도 닦아지지 않는 주홍글씨처럼 나 같은 놈들을 바라보는 시선 또한 쉽게 바뀌지 않는다.

협객은 돈보다 의리와 정의가 우선인데, 그런 의협심은 사라지고 깡패 조직들만 득세한다. 나 또한 그렇게 살지 못해서 그들을 비판할 자격이 없지만 이제부터라도 사회로부터 비난 받는 악의 축이라는 소리는 듣지 말았으면 하는 바람이다.

5년의 교도소 생활을 마치고 광주교도소에서 나오던 날이었다. 불편한 몸을 이끌고 밖으로 나왔더니 동생들을 비롯해 취재진들까지 수백 명이 장사진을 치고 있었다. 반가움보다는 두려움이 앞섰다. 내 존재감이 아직 살아있구나 하는 자부심보다 저 사람들이 나를 위해서 다시는 새벽에 교도소를 찾지 않도록 해야겠다는 생각이 먼저 들었다. 그래서 그들 앞에서 큰소리로 맹세했다.

> "나는 앞으로 두부는 절대 먹지 않겠다! 다시는 교도소에 들어오지 않을 거니까 우리 절대로 두부 먹을 짓은 하지 말고 살자! 너희들도 나와 불가피하게 인연을 맺어서 지금까지 함께 해왔지만, 앞으로는 양아치 깡패 같은 소리 듣지 말고 진짜 협객으로 살자. 지금까지는 왜곡된 정의와 의리로 살았지만 앞으로는 비겁하게 살지 않을 것을 맹세한다. 그리고 나와 똑같은 장애인들의 권리와 이익을 위해서 봉사하며 살 것이니 내가 그렇게 살 수 있도록 너희들도 도와주기 바란다."

그때는 내 말을 쉽게 믿지 않았을 것이다. 방금 교도소에서 나온 놈의 말을 누가 믿겠는가. 하지만 나는 믿거나 말거나 그때의 각오를 열심히 실천하며 살고 있다. 두부는 두 번 다시 먹기 싫기 때문이다. 다시 한번 얘기하지만 남기춘과는 악연으로 시작했지만 지금은 그에게 아무 감정이 없다. 오히려 그로 인해서 새로운 인생을 살게 되었으니 감사한다. 악연과 필연을 만드는 것도 자기 자신이고 마무리하는 것 역시 본인이라 작은 인연조차 함부로 대하면 안 된다는 것을 크게 깨달았다.

신은 내게 사랑과 봉사라는 벌을 주었다

초범자들이 교도소에 입소하면 한동안 밥도 안 먹고 입을 닫고 산다. 뭔가 억울한 일로 들어왔을 경우에는 더 울분을 참지 못해서 밤잠을 못 자고 괴로워하다가 시간이 지나면서 조금씩 적응해 나간다. 그곳도 사람 사는 곳이라 살벌하긴 하지만 눈치 빠르고 자신만 잘 다스리면 그런대로 시간이 흘러가는 곳이다.

나 역시 처음 교도소에 들어갔을 때는 괴로워서 한동안 난리를 쳤다. 같은 방 재소자들을 못살게 굴기도 하고 면회 온 사람들에게 온갖 욕을 퍼붓기도 했다. 그렇게 하루 이틀 시간이 지나면 어쩔 수 없이 마음의 평정을 찾으며 자신에 대해 반성하기 시작한다. 다시는 죄짓지 않겠다고 스스로 다짐도 하고, 다시는 나쁜 인간들과 어울리지 않겠다고 맹세를 하지만 출소를 하고 나면 또다시 세상의 유혹 속으로 빠져들고 만다.

그렇게 여러 번 나 스스로 걸어들어 간 인생의 시궁창 속에서 신이 내내 나를 지켜보고 있었다는 사실을 깨닫고는 세상에 대한 분노와 비웃음을 거둬들이기 시작했다.

그리고 취미를 붙인 것이 역사책을 읽는 것이었다. 책을 가까이해본 적 없는 나로서는 경제경영서나 교양서적보다 인물 위주의 역사책이 더 재미가 있었다. 조직을 다스리기 위해서 영웅들의 지략과 전략을 배우려고 읽었지만 차츰 역사 속 영웅들의 역할과 인간적인 매력에 빠지게 되었다. 시대마다 걸출한 영웅들이 나타나 세상을 이끌거나 구원하는 이야기들 속에는 세상을 내다보는 안목과 지혜가 넘쳐났기 때문이다.

삼국사기는 어렵지만 몇 번 읽다 보니 삼국의 정치사가 눈에 들어왔다. 학교에서 배울 때는 무조건 외우느라 개념도 모르고 이해했지만 나이 들어 그런지 고구려와 백제, 신라에 대한 이야기가 현실감 있게 느껴졌다. 조선왕조는 지금의 현실정치와 흡사한 부분이 많아서 더 흥미가 있었다. 특히 간신 유자광과 연산군의 인연에 관한 이야기는 조직을 다스려본 사람으로 시사하는

신은 내게 사랑과 봉사라는 벌을 주었다

바가 매우 컸다. 한 나라의 권력도 마찬가지지만 조직의 세계 역시 인사를 잘못하면 처절하게 망하는 법이다. 나라와 조직을 위해서 일하는 것이 아니라 개인의 영달과 이익에만 매달리는 사람이 두세 명만 옆에 있어도 그 나라와 조직이 무너지는 것은 시간문제다.

그 유명한 초한지에 나오는 항우와 유방에 대한 이야기도 큰 울림을 주었다. 유방에게 충성스러운 신하들이 많은 것은 그의 인간성 때문이다. 유방은 신분은 낮지만 리더십과 포용력이 뛰어나 필요한 세력을 모을 때도 하나같이 의형제로 인연을 맺었다. 의형제란 피를 나누지는 않았지만 피로써 맺은 형제 이상으로 결속력이 대단할 수 밖에 없다. 그러나 항우는 달랐다. 항우는 처음부터 명문가의 집안에서 태어나 교육을 잘 받은 사람이었고, 중국 역사에서도 그를 뛰어넘을 사람이 없을 만큼 힘도 강했다고 한다. 하지만 항우의 지략이 지나치다 보니 많은 신하들이 배신하게 되고 결국엔 전쟁에서 패해 자살을 선택한다. 동시대를 살아가며 세상을 호령한 두 사람의 이야기는 지금까지도 수없이 회자되고 있다.

중국사는 자국민조차 이해하기 어려운 방대한 이야기다. 아무리 흥미를 가지고 읽어도 맛보기에 불과해서 감히 안다고 말할 수 없지만 책을 읽다 보니 정말 현명한 길이 보이기도 했다. 주먹이 아닌 지혜와 지략으로 세상을 다스리는 일이야말로 얼마나 멋진 일인가. 힘으로 누르거나 제압해서 얻는 것들은 심각한 후유증이 따르지만 유방의 포용력과 지략으로 다스린다면 설령 목숨을 내놓은들 누가 돌을 던지겠는가. 역사책이 가르쳐 준 길은 그런 길이었다.

오랜 시간 흥미를 가지고 읽은 책 중에는 일본 사무라이 정신을 대표하는 도요토미 히데요시와 도쿠가와 이에야스, 오다노부나가가 있다. 이 세 사람을 빼놓고는 일본의 역사를 얘기할 수 없다. 우리하고는 멀고도 가까운 이웃이지만 그렇다고 그들을 계속 적대시할 수만은 없다. 그들이 지켜온 사무라이 정신이 어디서 나와 어떻게 발전해왔는지 아는 것도 우리를 지키는 일이라고 생각한다.

내가 사무라이 정신에 관심을 두게 된 것은 그들의 병법적인 사고 때문이다. 우리는 유교적 사고가 강한 선비 문화이지만 일본은 우리보다 오래 무사정권이 지배를 했기 때문에 병법적인 사고방식이 탁월하다고 할 수 있다. 우리가 흔하게 알고 있는 '적을 알고 나를 알면 백전백승百戰百勝'이라는 말도 일본인들의 그러한 사고에서 나온 것이다. 그들의 병법은 상대를 잘 관찰하고 연구해서 준비를 철저하게 한 다음에 싸우는 것이 특징이다. 철저하게 준비하고 공격하는 그들의 사무라이 정신이 지금까지도 현실정치에서 나타나고 있는 것을 보면 역사는 과거가 아니라 미래라는 생각이 든다.

신은 내게 사랑과 봉사라는 벌을 주었다

우리가 흔히 알고 있는 그 유명한 새에 대한 이야기도 도요토미 히데요시와 오다 노부나가, 도쿠가와 이에야스의 각기 다른 병법적 사고에서 나온 일화다. 세 사람에게 '만약 새가 울지 않는다면 어떻게 할 것인가?'라는 질문을 던졌다. 이에, 성격이 불같은 오다 노부나가가 이렇게 말했다.

"울지 않는 새는 더 이상 새로서의 가치가 없으니 당장 죽여 버려야 한다"

다음에는 도쿠가와 이에야스가 대답했다.

"새가 울 때까지 기다려야 한다."

마지막으로 도요토미 히데요시에게 물었더니 이렇게 대답했다.

"새가 울지 않으면 나는 어떠한 방법을 써서라도 울도록 만들겠다."

이 세 사람 중 일본인들이 가장 존경하는 사무라이는 도요토미 히데요시라고 한다. 그는 가난한 농사꾼의 자식으로 태어나 까막눈이었지만 성격이 쾌활하고 친화력이 좋아 전국시대를 통일한 영웅이 되었다. 만일 내게 그와 같은 질문을 한다면, 나 또한 도요토미 히데요시와 비슷한 대답을 할 것이다. 그것이 진정한 병법이라는 생각이다.

몸은 비록 갇혀 있었지만 역사 속 영웅들에 대한 이야기를 읽을 때면 시간을 거꾸로 돌리고 싶었다. 몽골 민족을 이끈 칭기즈 칸을 읽다 보면 당장이라도 말을 타고 달리고 싶었고, 중국을 통일한 진시황에 대한 이야기를 읽다 보면 잘라낸 다리가 근질거렸다. 나도 그렇게 깡패가 아닌 무사와 협객이 되고 싶었고 건달이 아니라 현명한 지도자와 보스가 되고 싶었다.

시대가 영웅을 만든다는 말이 있듯 나도 어쩌면 그 시대에 태어났더라면 지금처럼 살지 않았을지도 모른다. 칭기즈 칸처럼 몽골 대륙을 호령하며 달렸을 수도 있고, 항우와 유방처럼 훌륭한 병법으로 대륙을 다스렸을지도 모른다. 그렇게 살기는 불가능해졌지만 지금이라도 그들을 알게 되었으니 더는 비난 받으며 살지 않을 것이다. 아직은 나를 좋아하고 아끼는 인연들이 있으니 그들과 아름답게 사는 병법을 늘 모색할 것이다.

신은 내게 사랑과 봉사라는 벌을 주었다

「충우회」 이야기

충우회가 만들어진 배경에는 故 조일환 큰형님의 공이 크다. 조일환 큰형님은 협객 김두환의 마지막 부하로 천안 주먹계의 대부 역할을 해왔다. 천안 곰이라는 별명으로 불릴 만큼 덩치도 좋았고 수십 명을 한 번에 상대할 정도로 힘이 좋았다.

그의 이름이 세상에 알려지기 시작한 것은 이른바 '단지 시위'를 벌인 사건 때문이다. 육영수 여사 피살 사건 당시 그는 유관순 동상 앞에서 일본에 대한 민족적 분노의 표시로 부하 수십 명을 데리고 가 손가락을 잘랐는데, 이로 인하여 박정희 정권으로부터 우국지사라는 칭호까지 받았다. 그러나 신군부 정권에 의해서 조직폭력배 두목이라는 불명예로 구속되었고, 교도소에서 교도관의 도움으로 하나님을 영접해 신앙생활을 하다가 2009년 간암으로 별세했다.

사단법인 충우회는 조일환 큰형님의 민족애 정신을 기념하고 호국영웅추모사업을 목적으로 하는 단체이다. 30여 년 동안 청소년에게 장학금을 지급하고 비행청소년을 선도 및 지도하는가 하면 대전소년원을 방문해 위문하는 일 등도 꾸준히 해오고 있다. 또한 6·25 참전호국영웅들이 묻혀 있는 대전현충원을 방문하는 방문객들에게 하루도 빼놓지 않고 무료로 국수를 제공하는 등 각종 봉사활동을 하고 있다.

현재 충우회 회장인 양길모 씨와 고문인 배기수 씨를 주축으로 충청지역의 협객 출신 사업가들이 모여 국내외 행사를 마련하는데, 초기에는 무슨 일이 벌어지는 것은 아닌가 해서 경찰차들 수십 대가 출동하기도 했다. 의미와 취지는 좋지만 모임을 만든 이들이 주먹들이다 보니 세상이 검은 안경을 쓰고 볼만도 했다. 그러나 예전부터 나라와 민족을 위하는 거친 일에는 항상 소위 말하는 건달과 깡패들이 앞장섰다. 입으로만 나라를 위하는 것이 아니라 우리는 우리 방식대로 표현한 것인데, 여전히 다른 시선으로 바라보는 사람들이 있는 것 같아 안타깝다.

신은 내게 사랑과 봉사라는 벌을 주었다

충우회는 호국영웅을 위한 봉사를 하고 있으며,
양길모 회장을 비롯한 많은 이들의 노력으로
충청도를 대표하는 봉사단체로서 발전하게 되었다

하지만 지금은 충우회에 대한 평가가 달라졌다. 장애인들에
게 지속적으로 장학금을 주어 사회에서 당당히 자립할 수 있도
록 도와주는 가하면 한국전쟁에서 살아남은 영웅들의 삶도 살펴
준다. 또한 한국전쟁에 참가했던 필리핀 참전용사와 그 유가족
들을 위한 의료봉사도 민간차원에서 실시하고 있어 사회의 귀감
이 되고 있다. 해외 의료봉사는 보통 유가족뿐만 아니라 그 지역
주민들까지 폭을 넓혀 봉사를 하기 때문에 회장은 물론 그쪽 현

지주민들까지 나서서 의료봉사에 적극적으로 도움을 주고 있고, 의료진만 해도 안과와 정형외과 한의사까지 수십 명이 넘는다. 낙후된 지역의 의료봉사 소식은 가뭄의 단비 같은 소식이라 수십 리 길을 걸어오는 현지주민들도 많다는 소식을 접하면 충우회의 책임감이 더 무겁게 느껴진다.

한국전쟁에 참가한 국가는 16개국이라고 한다. 남의 나라 전쟁에 뛰어들어 목숨을 잃은 그들의 유가족들에게 지금이라도 의료봉사를 할 수 있다는 것이 매우 흐뭇하다. 충우회의 의료봉사는 필리핀을 비롯해 아직 몇 개국 안 되지만 앞으로 더 많은 참전국을 찾아가 보은하는 것이 우리의 도리라고 생각한다. 의료봉사는 많은 의료진과 의약품 등 큰 도움의 손길 없이는 어려운 일이다. 더구나 민간외교 차원의 봉사라는 것은 자발적인 도움으로 이루어지는 것이라 국가와 인류애 같은 사명감을 가지고 일하는 사람들이 많다. 충우회에서 하는 현재 사업 중 호응도가 가장 좋은 것은 현충원을 방문하는 참배객들에게 국수를 무료로 제공하는 일이다. 앞으로도 충우회는 나눔과 봉사활동을 넘어다 함께 살아갈 수 있는 평화로운 세상을 만드는 데 앞장설 것이다.

신은 내게 사랑과 봉사라는 벌을 주었다

좋은 인연은
신의 축복이다

　오래전에 작고한 충북 진천 출신의 오용운이란 국회의원이 있었다. 그는 육사 출신으로 국가안보회의 부의장을 거쳐 철도청장을 지낸 뒤 충북지사도 역임했다. 이후 충북 진천과 음성에 출마 13대 15대 국회의원을 지내는 등, 한마디로 거칠 것 없이 두루두루 요직을 거쳤다.

　오용운 의원을 알게 된 것은 내가 청주에서 나이트클럽을 할 때였다. 자랑할 만한 일은 아니지만 그때는 청주에서 오용운 의원보다 내가 더 유명했다. 한창 혈기가 왕성하던 때라 누가 찾아와도 별로 겁나지 않았다. 큰 사건이 터지지 않는 한 형사들도 주시만 할 뿐 드러내놓고 감시하지는 않았고, 나도 할 일이 많아서 웬만한 일에는 크게 신경 쓰지 않았다.

어느 날 오용운 의원이 나이트클럽으로 찾아와 날 보자고 했다. 그 사람이 도지사라는 사실은 미리 알고 있었지만 직접 찾아올 줄은 생각지 못했다. 거만함이 하늘을 찌를 때라 도지사가 찾아온들 뭔 대수일까 하는 심정으로 그를 만났다. 사실은 오용운 의원에게 아들이 하나 있었는데 공부에는 관심이 없고 밖으로만 나돌다가 나랑 인연을 맺은 상태였다. 그의 입을 통해서 아버지가 오용운이란 사실은 진작부터 알고 있었지만 제 발로 찾아온 애를 나가라고 할 수도 없어 모른 체하고 있던 참이었다.

아무리 지체 높은 양반이라도 자식만큼은 맘대로 안 되는 모양이었다. 그가 잔뜩 굳은 표정으로 날 찾아오더니 잠깐 저쪽으로 가서 얘기하자고 했다. 저쪽이란 쓰레기통 있는 구석이었다. 속으로 이 양반이 설마 날 치는 것은 아니겠지 생각했는데, 그래봤자 일만 커질 거라는 걸 짐작한 듯 애써 침착하게 물었다.

"우리 원직이 어떻게 할 거야? 집에 안 보낼 거야?"

"부모 싫다고 제 발로 나온 놈을 어떻게 합니까. 제가 잡고 있는 거 아닙니다."

실제로 나는 그 아이를 잡지도 않았고 가라고 하지도 않았다.

나를 찾아올 정도의 배짱 있는 애들이라면 절대로 어설픈 훈계나 조언을 듣지 않기 때문이다. 이미 학교와 부모, 친구들로부터 외면당한 애들이라 자신들은 결코 평범하고 착한 사람이 될 수 없다고 생각하는 것이다. 아직 자아가 완성되지 못해서 그럴 수도 있지만 존경할 만한 멘토나 리더를 만나지 못해서 그런 경우가 더 많다. 나도 그랬지만 주체할 수 없는 자신을 보듬어주고 케어해 줄 선배나 어른을 만나면 애들은 바로 달라진다. 오용운 의원 아들도 어쩌면 그래서 날 찾아왔던 것인지도 모른다. 내가 훌륭한 사람이라서가 아니라 기대고 싶고 보호받고 싶었던 것이다.

오용운 의원이 담배 연기를 깊게 뱉어내면서 다시 말했다.

"원직이는 4대 독자다. 그 아이가 잘못 되면 나는 조상
볼 면목이 없다. 그러니까 자네가 잘 설득해서 집으로
돌려보내 주게."

부모입장에서 진심으로 부탁한다는 그의 말을 듣고 나니 나도 마음이 무거웠다. 내가 원직이보다 더한 놈인데, 내 부모님은 오죽했을까 하는 생각도 들었다. 오용운 의원이 돌아 간 뒤 나는 원직이를 불러놓고 말했다.

"원직아, 너는 깡패 되기 글렀다. 그만 집으로 돌아가라."

"형님, 왜 그러세요! 제가 뭐 잘못했습니까?"

"원직아, 너 4대 독자라면서? 4대 독자가 깡패하면 되겠
냐? 니네 집안도 좋던데, 그러지 말고 집에 가서 그냥 공

부해라."

원직이는 한참 동안 고개를 숙이고 있다가 꾸물꾸물 일어나 인사를 하더니 집으로 돌아갔다.

그때는 원직이를 돌려보낸 것이 한편으론 흐뭇했다. 오용운 의원의 부탁도 있었지만 내가 그 아이의 장래까지 책임질 자신이 없었다. 혹시라도 원직이가 잘 못 되면 모든 책임을 내가 져야할지도 모른다는 부담도 있었고, 처음부터 그 아이는 왠지 나 같은 놈하고 어울려 다니며 깡패 짓 할 분위기가 아니었다. 집으로 돌아간 원직이는 다시 공부해서 취직을 하더니 임원자리에까지 올라갔다는 소식을 전했다. 원직이 소식을 들을 때마다 내 판단이 틀리지 않은 것 같아서 다행이라는 생각이 들었다.

그런데 어느 날 원직이가 비행기 사고로 죽었다는 소식이 날아들어 참으로 황당했다. 갑작스러운 그의 죽음으로 4대 독자를 잃은 오용운 의원은 아마 하늘이 무너지는 슬픔을 겪었을 것이다. 한편으로는 내가 그냥 데리고 있었더라면 그런 사고는 당하지 않았을 텐데 하는 안타까움도 들었지만 그 또한 원직이 운명이라 제 갈 길을 찾아간 것이었을 것이다.

원직이가 죽고 나서 오용운 의원이 나를 부르더니 원직이 위두 딸들에게 말했다.

"얘들아, 이제부터 여기 용식이가 원직이다. 동생이다
생각하고 잘들 지내기 바란다."

신은 내게 사랑과 봉사라는 벌을 주었다

그때부터 나는 오용운 의원의 수양아들이 되었다. 원직이를 잃은 슬픔과 허전함을 나를 통해서 잊고 싶었던 것인지도 모른다. 나도 오용운 의원의 그런 마음이 싫지 않았다. 본래 성격이 활달하고 품이 넓어서 어딜 가나 환영을 받던 오용운 의원에게는 나 말고도 박덕민이라는 수양딸이 또 있었는데, 나를 오빠라며 무척 따랐다. 사람들은 오용운 의원이 국토분과위원이라는 요직에 있었으니 중요한 정보를 얻으려고 여러 경로로 로비를 해왔다. 수양딸인 박덕민 아니면 나를 통해서 오용운 의원과 인연을 맺으려고 했지만, 나는 내 일이 바빠서 그런 일까지 욕심내지 않았다. 오용운 의원의 빽을 팔고 다니면서 푼돈을 얻어먹을 수도 있었지만 그와의 인연을 그런 식으로 이용하고 싶지는 않았다.

하지만 모든 관계는 돈 때문에 깨진다고, 박덕민과의 인연은 좋지 않게 끝나고 말았다. 내가 조직폭력배 수괴죄로 재판 중일 때 그녀와 우리 애들 사이에 배달 사고가 있었던 모양이었다. 내가 궁지에 몰려 더 이상 희망이 없어 보이자 구경도 못한 돈 다발을 내가 먹은 것으로 진술한 것이다. 억울하고 허탈했지만 잘못된 인연도 내가 만든 팔자려니 생각해서 끌어안을 수밖에 없었다. 나를 진정으로 생각해준 오용운 의원에 대한 고마움 때문에 그녀에 대한 감정은 오히려 쉽게 끝낼 수 있었다.

나는 끝까지 오용운 의원의 수양아들 노릇을 했다. 병원 생활을 할 때도 그는 죽어가는 자신의 모습을 아무한테도 보이고 싶지 않다며 일체의 면회를 거절했는데, 나한테 만큼은 친아들처럼 모든 걸 내 맡기셨다. 그는 국립묘지에 묻히지 않고 먼저 간 원직이 옆으로 갔다. 수양어머니인 그의 부인이 죽었을 때도 그의 두 딸과 함께 장례를 치러주었다. 친아들은 아니지만 오용운 의원이 내게 보여준 삶의 진정성과 의리는 큰 울림을 주었고 지금까지도 잊히지 않는다. 또한 평생 올곧은 군인정신과 투철한 애국심을 가지로 살아오신 그의 삶을 존경한다.

그의 두 딸과는 여전히 형제 이상으로 잘 지낸다. 살면서 좋은 인연 하나 만나는 일은 신의 축복이라고 한다. 나쁜 인연 열 중 좋은 인연 하나만 있어도 그 인생은 성공한 인생이라고 했으니 나도 실패한 인생은 아니라는 생각이다.

김대중은 멋진 정치인이다

　나는 박정희 대통령부터 그의 딸 박근혜 대통령까지 무려 8명의 대통령 정권에서 작은 일들을 해왔다. 정치권에 영향을 줄 정도의 큰일은 아니었지만 나름대로 국가관을 가지고 관여했는데, 어느 때는 그 일이 독이 되기도 했고 또 어느 때는 그 일로 교도소까지 가는 불행한 일을 겪기도 했다.

　어릴 때는 무엇이 국가관이고 민족애인지 몰라 소영웅심에 불을 댕기는 사람 말을 듣다보니 정치적으로 이용을 당하기도 했다. 그 덕분에 무엇이 나라를 위한 일이고 어떤 방법으로 나라를 위해 일해야 하는지 조금은 알게 되었다. 정치적 이념이 얼마나 무서운 결과를 초래하는지 격동의 세월을 통해 지켜본바 좌파와 우파라는 당략적 이념은 나라 발전에 아무 도움이 안 되었다. 정권을 잡기 위한 색깔전쟁 역시 혼란만 만들 뿐, 국민이 원하는 정치는 아니었다는 사실을 여러 정권을 지나오면서 지켜보았다.

세상이 바뀌면 대통령의 평가도 달라지고 그를 추종하던 세력들까지 얼굴을 바꾸는 걸 보면서 그야말로 정치는 아무나 하는 게 아니고 나는 더더욱 정치적인 인물이 못 된다는 걸 알았다. 솔직히 나는 박정희 정부와 박근혜 정부를 위해서 일한 사례가 많다. 시대가 요구하는 정신이 있고 국가관이라는 이념으로 그들이 나를 이용한다는 것을 알면서도 나는 한 번도 신념을 바꾸지 않았다. 설령 그 가치와 신념이 부정적인 평가를 받았어도 후회하지는 않는다. 그때는 그것이 내 최선의 선택이고 판단이었다. 가슴 아픈 것은 미력하나마 내 힘을 보태준 정권이 적폐의 온상이 되었다는 사실이다. 사실인지 거짓인지는 당사자들만 알고 있겠지만 진정으로 국가와 민족을 생각한 사람들에게는 허망하고 답답하기 이를 데 없다. 이 또한 새로운 시대를 위한 밑거름이 되어야 하겠지만 얕은 정치적 신념으로 국민과 동지들을 배신하는 정치인들에게 경고의 메시지가 되었으면 한다.

신은 내게 사랑과 봉사라는 벌을 주었다

내가 알고 있는 대통령 중 최고의 대통령을 뽑으라면 단연 김대중 대통령이다. 의아해하는 사람들이 많을 테지만 개인적인 평가는 냉정하게 하고 싶다. 신념과 가치는 다른 것이다.

김대중 대통령은 유일하게 정치 보복을 하지 않은 사람이다. 정권이 바뀔 때마다 사정의 칼날을 휘두르던 역대 대통령의 사례들과 비교해 보면, 김대중 대통령은 처절하게 당한 정치적 보복에도 불구하고 사정의 칼날을 휘두르는 대신 상대를 이해하고 끌어안는 포용정책을 썼다.

김대중 대통령에게 붙은 수식어는 '한국의 만델라' 그리고 '인동초'다. 온갖 고초를 겪으며 이뤄낸 민주화운동과 무려 4차례의 도전으로 대통령이 되었기 때문이다. 덕분에 그는 2000년 노벨평화상을 받기도 했다. 당시에 나는 그에 반하는 신념으로 정치적 행보를 했지만 김대중 대통령이 이룬 업적에 대해서는 공정한 평가를 하고 싶다. 당과 이념이라는 명분만 앞세우며 정치 발전을 저해하는 일부 정치인들의 말로는 솔직히 좋지 않았다. 소나기 피하려고 아무 데나 몸을 숨기지 않고 자신의 신념대로 묵묵히 일관하는 사람들이 정치판에서도 오래 살아남는다. 정치인을 떠나 한 인간으로서도 김대중 대통령은 매력적인 부분들이 많았다. 그는 정치가이지만 철학자이고 평화주의자이어서 인간에 대한 성찰이 꽤 큰 사람이었다. 또한 그는 대화와 타협으로 정적들을 포용했다.

김대중 대통령하고는 일면식도 없지만 그의 아들 김홍일 씨와는 한때 형 동생 하며 지내기도 했다. 김홍일 씨는 가난한 환경에서 일군을 이룬 정치인이라고 할 수 있다. 아버지 김대중 대통령 못지않을 정도로 신군부에 의해 모진 고문을 당했다. 그 후유증으로 파킨슨병에 걸려 지금까지 고생하고 있는 걸 보면 안타깝다. 그가 평화민주당의 민주연합청년동지회를 조직하여 활동할 때 만났는데, 성품이 가볍지 않고 깊어서 무척 신뢰가 가는 사람이었다. 서울에서 이런저런 일을 하다 보니 그와 인연이 닿았는데, 워낙 형편이 어려워 내가 가끔씩 밥도 사고 술도 사주었던 기억이 난다. 화려할지도 모른다고 생각한 사람들의 뒷면에는 그런 가난과 고통도 있었다. 깡패 짓은 하고 다녔지만 사람에 대한 의리와 정만큼은 누구 못지않은 터라 그의 형편을 무시할 수가 없었다.

　그러나 외부의 시선은 그게 아닌 모양이었다. 그와 가까이 지내니까 무슨 실세로 착각한 듯 온갖 사람들이 나와 인연을 맺으려고 아는 체를 했다. 나를 이용해 권력에 손을 대려는 속셈들이었다. 하지만 나는 김홍일 씨에게 아무도 소개하지 않았다. 김홍일 씨 역시 아버지 김대중을 닮아 자신의 신념을 버리는 불명예스러운 사람이 아니었다. 그와의 인연은 그리 길지 않았지만 그때의 기억을 떠올리면 만감이 교차한다.

내 영원한
친구들의 죽음

    내 삶에서 영찬이와 완섭이는 아주 많은 부분을 차지한다. 어릴 적부터 그와 함께 보낸 시간을 따지면 가족 이상이다. 영찬이와 그의 육촌인 정완섭이 자주 언급되는 것 역시 인생의 중요시기마다 두 사람이 있었기 때문이다. 서로 싸우다가도 다른 누군가가 끼어들면 물불 안 가리고 덤벼들어 친구를 돕는 의리 있는 친구들이었다.

    그런 영찬이가 죽었다는 소식이 들려왔다. 마흔도 넘기지 못한 영찬이의 죽음은 내게 큰 충격을 가했다. 평생 내 친구로 남아 있을 줄 알았는데, 겨우 서른아홉의 나이에 죽다니!, 인생이 그토록 허망할 수가 없었다. 청주 최고의 부잣집 아들로 웰터급 챔피언까지 지냈던 영찬이가 그토록 허망하게 죽으니 내 젊은 시절의 한 부분이 사라진 기분이었다.

그와 함께했던 시간들이 어제 일처럼 생생하게 떠올라 한동안 밤잠을 이룰 수가 없었다. 탄탄대로만 걸을 것 같던 인생도 하루 아침에 무너질 수 있고 끝장날 것만 같은 인생도 다시 살 수 있는 것이 삶이었다.

완섭이 역시 불행한 죽음을 맞이했다. 완섭이는 죽을 때까지 나한테 미안함을 가졌다. 자신의 오토바이로 인해 내가 다리를 잃었다고 생각해서 볼 때마다 날 평생 책임지겠다는 소릴 했다.

완섭이가 우울증으로 고생하기 시작한 것은 최영훈이라는 친구 때문이었다. 완섭이는 미국에 살던 그가 한국으로 돌아오자 결혼도 시켜주고 정착할 수 있도록 많은 도움을 주었는데, 그가 친구의 마음을 져버렸다. 승승장구하던 완섭의 사업이 기울기 시작한 것도 부도덕한 최영훈이란 친구와 그 주변인들 때문이었다. 완섭은 사업이 부도나면서 경제적 위기가 닥쳤고, 친구의 배신으로 큰 상처까지 입었다.

마음의 상처는 결국 우울증을 불러왔고 완섭은 끝내 재기하지 못하고 얼마 전에 세상을 떠났다. 죽기 전 나와 통화를 하지 못했다면서 '어떡하지! 어떡하지!'를 반복했다는 소릴 들으니 가슴이 찢어졌다. 셋 중 가장 험한 인생을 살아온 사람은 나인데, 영찬이와 완섭이가 먼저 떠나고 나니 신이 원망스러웠다. 내게 무슨 일을 더 시키려고 병든 나보다 먼저 그들을 데려간 것인지 묻지 않을 수 없다.

두 친구는 떠났어도 그의 가족들은 남아 있다. 영찬이와 완섭이 가족은 내 가족이나 마찬가지라 친구를 대신하는 것은 당연하다. 언젠가는 나도 두 친구들이 있는 곳으로 갈 것이고 그때 의리 없는 놈이란 소리는 듣지 말아야 할 것 아닌가.

"영찬아 잘 있지? 한 판 붙게 기다려!"

"완섭아! 내 걱정하지 마, 한쪽 다리로 잘 살고 있으니까……."

후배 건달들에게
당부하고 싶다

    세상이 아무리 변해도 위와 아래 또는 선배와 후배라는 사실은 변할 수 없다. 직장이든 가정이든 세상을 움직이는 질서가 그 크고 작은 조직을 통해서 만들어지기 때문이다. 나는 선후배 관계가 군 조직만큼이나 엄격하고 깍듯한 조직을 경험해서 그런지 선배를 함부로 대하거나 안하무인眼下無人식 태도를 보이는 경우는 참을 수가 없다. 그렇다고 예전처럼 힘을 행사할 능력도 안 되고 뒤돌아서서 화를 삼킬 수밖에 없다.

        신은 내게 사랑과 봉사라는 벌을 주었다

화무십일홍花無十日紅이라고, 화려한 젊음도 언젠가는 시들 것이라는 걸 미처 깨닫지 못할 때는 오만방자해지기 마련이다. 나 역시 그런 시절이 있었고 그들을 욕하거나 탓할 수만은 없어 건강한 모임을 만들었다.

이른바 '우정회'다. 우정회는 그야말로 인생의 초로에 접어든 더 이상 세상에 대한 원망과 욕심이 없는 사람들의 친목회다. 회비를 걷으면 반목이 생길까 봐, 모임을 가질 때마다 2만 원씩 걷어서 자장면에 빼갈을 먹는 아주 소박하고 정겨운 만남이다.

겉으로만 판단하자면 한때 주먹들의 모임이라고 할 수 있지만, 긴 세월의 풍파에 기가 빠져 그런지 내 눈에는 마냥 반갑고 소중한 사람들이다. 팔팔한 후배들한테 밀려 그런 것이 아니라, 치열했던 인생의 중반전을 끝낸 사람들답게 흔들림 없이 평화로운 모습이 보기 좋다. 누가 그들을 왕년의 주먹이라고 할 수 있겠는가. 우리가 만나서 가장 먼저 챙기는 것은 어디 아픈 곳은 없는지? 무슨 일로 참석하지 못한 것인지 안부를 묻는 것이다. 평범한 노인들이 나누는 그저 그런 대화도 하고 우리가 살아가는 세상의 질서에 대해서 토론도 한다. 결국 세상이 아무리 먹고 살기 힘들어 각박해졌다고 해도 한 시절을 함께해온 동지와 선후배는 잊지 말아야 한다는 결론이다.

여전히 자신만을 위해서 돈을 버는 사람들도 있지만 세상의 건달들이 다 그런 것은 아니다. 자신이 살아온 삶의 무게만큼 남

세상이 변해도 한 시절을 함께해 온
선배와 후배라는 사실은 변할 수가 없다

을 위해서 사는 사람들도 있다. 김태촌 형은 수감생활을 마치고
난 뒤 사회봉사를 하며 새 삶을 시작했다. 오랜 친구였던 야구해
설가 하일성 씨와는 강연을 다니며 청소년 선도에 각별히 힘을
쏟았다. 그는 소년 시절 잘못된 선택으로 평생 나쁜 길을 걷게
되었기에 일탈 청소년들의 삶을 바로잡아 주고 싶어 했다.

　폐암으로 투병하던 중에도 청소년 범죄예방을 위한 재단을 만
드는 일에 써 달라며 하일성 씨를 통해 큰 금액을 기부했다. 과거

　　　　　　　　　　　신은 내게 사랑과 봉사라는 벌을 주었다

의 인생 때문에 평생 곱지 못한 시선을 받아야 했던 그는 친구의 이름을 통해서라고 모든 것을 편안하게 내려 놓고 싶어했다. 나는 그의 진심을 세상이 알아줄 날이 올거라 생각했지만 더 이상 삶의 무게를 견딜 수 없었는지 태촌이 형은 결국 생을 달리했다.

사랑과 봉사는 세상에 대한 감사와 보은 때문에 하는 것이 아니다. 또 누군가에게 빚을 지거나 마음이 착해서 하는 것도 아니다. 어떤 스님 말씀처럼 '우리 모두는 세상에 태어나는 순간부터 풀 한 포기 나무 한그루의 도움으로 살아간다. 그러니 세상 모든 것들에게 감사하며 살고 내 것이라 욕심내지 말아야 한다.'

'우정회'는 은퇴자들의 모임이 아니라 욕심을 비운 사람들이 만나 삶의 진정한 가치와 기쁨이 무엇인지 나누고 회고하는 모임이다. 선배님들의 한마디 한마디가 거침없이 달리기만 하는 후배들에게 천금 같은 교훈이 되길 간절히 바란다.

살날이 많지 않다보니 하루가 아쉽기만 하다. 사람은 혼자 태어났다가 혼자 가는 거라고 하지만 주변을 지키고 챙기는 사람은 결코 쓸쓸하게 혼자 가지 않는다. 그러나 자기만 생각하며 이기적으로 산 사람은 죽음을 맞이했을 때조차 혼자 죽어야 한다.

과거에 대한 회한과 내일에 대한 불안을 이기려면 지금 내 곁에 있는 사람들이 누구인지 돌아봐야 한다. 내 손을 잡아주고 반겨줄 사람들과 함께 있다면, 분명 괜찮은 인생을 살고 있다는 증거이다. 내게 '우정회'는 그런 존재다.

대한장애인
펜싱협회

2006년 설립된 대한장애인펜싱협회는 대한장애인체육회 가맹단체로 휠체어펜싱을 널리 보급하고 장애인의 사회통합을 목표로 활동하고 있다. 나는 2010년 2대 회장으로 선임되어 한국휠체어펜싱을 대표하고 널리 보급하는 데 앞장 서 왔다.

2010년에는 광저우 장애인아시안게임과 파리 세계선수권대회가 있었다. 나는 국제대회에서 우리 선수들이 좋은 성적을 거둘 수 있도록 다각적인 지원을 위해 노력했다. 임기 동안 대한장애인펜싱협회가 더욱 발전하고 선수들의 복지가 증진될 수 있도록 장애인체육활동 경험을 바탕으로 최선을 다해 노력했다.

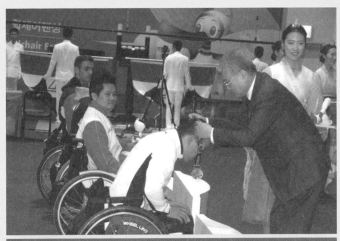

"칼끝의 팽팽한 긴장감, 휠체어펜싱
장애인체육 활성화를 위하여 최선"

장애인정책연구소

'장애인정책 연구소'라고 써 붙인 컨테이너 한 동이 내 집이고 사무실이다. 큰 변고가 생기지 않는 이상 나는 아침 아홉 시에 출근해서 저녁 여섯 시까지 컨테이너에 머물면서 장애인 관련 정책을 연구하고 학자들에게 자문을 구해서 정부 정책에 반영할 수 있도록 노력하고 있다.

내 인생에 그토록 많은 일들과 그토록 많은 사람들이 함께했었다는 데 놀라지 않을 수 없었다. 결국 세상은 혼자 살 수 없다는 또, 그들과 함께 화합하고 화해하지 않으면 결코 아름다운 마무리를 할 수 없다는 결론을 얻었다.

장애인운동은 어두운 내 과거를 덮기 위함이 아니라 '신이 내린 사랑과 봉사'라는 행복한 벌을 수행하기 위함이다.

"장애인운동은 신이 내린 사랑과 봉사라는 행복한 벌"

신은 내게 사랑과 봉사라는 벌을 주었다

4부

나눔과
봉사의
삶

장애인운동은 운명이었다

　나에 대해서 조금 알고 있는 사람들은 주먹이었던 사람이 무슨 장애인운동을 할까? 의심의 눈초리를 거두지 않는다. 필시 무슨 목적이 있어 장애인운동을 할 것이라고 생각할 수도 있고, 과거를 덮기 위해서 위선을 떠는 것은 아닌가 생각할 수도 있다. 지은 죄가 많아서 그런 눈초리를 비난할 수도 없고 그 긴 과정을 일일이 설명하기도 어려워서 그냥 운명이라고만 답변한다. 운명은 우연이 아닌 필연이고 팔자라 피할 수 없었다.

열아홉에 사고로 다리 하나를 잃은 뒤 나는 세상을 더 폭력적으로 살았다. 병신이라는 자괴감과 모멸감이 한순간도 나를 그냥 두지 않았다. 장애인이라는 표현은 차라리 사치였다. 나를 바라보는 세상 사람들의 값싼 동정과 비웃음이 느껴질 때마다 세상을 향한 모욕과 분노로 맞서다 보니 점점 더 많은 걸 잃게 되었다. 나를 지키는 것은 세상에 대한 분노와 주먹이 아니라 세상 속으로 들어가 그들과 함께 하는 것이란 사실을 깨달은 것이다.

　　신이 어쩌면 나에게 장애인운동을 시키기 위해서 긴 세월 동안 혹독한 훈련과 고통을 주었다는 생각도 든다. 무기징역을 선고받고 교도소에 있던 중 갑자기 쓰러졌을 때도 일반 수감자였더라면 그대로 죽었을지도 모른다. 뇌졸중의 경우 골든타임을 놓치면 회복 불능 상태가 되거나 죽을 확률이 높은데, 함께 있던 수감자들이 나를 살리고자 소란을 피워 바로 응급실로 갈 수 있었다. 주말이라 응급실행이 더 어려웠는데, 다행히 당시 청주교도소 소장이던 안유 씨가 마음을 써 주었다. 아무리 죄인이라고 해도 생명은 살리고 봐야 한다며 모든 책임을 자신한테 돌리고 치료받게 해준 덕분에 살 수 있었다.

　　의사가 말했다.

　　"당신 참 운이 좋은 사람입니다. 뇌혈관이 12개나 터졌는데도 살아있으니 신이 돕지 않고는 일어날 수 없는 기적입니다."

그 순간 내가 그들과 함께 있었기에 기적과 운을 만난 것이다. 물론 신의 은총도 있었지만 나를 살린 것은 그들이었음을 잊지 않는다. 완전한 회복은 어려웠지만 교도소 문을 나올 때는 그래도 지팡이를 짚고 걸어 나올 수 있었다. 장애인운동을 하겠다고 공식적으로 선포한 것도 광주교도소를 나오면서였다. 그 이전부터 이원종 지사로부터 권유를 받고 장애인 복지관련 공부를 꾸준히 해오고 있었기 때문에 새삼스러울 것은 없었지만 본격적으로 뛰어든 것은 그때부터였다.

우리나라 장애인 수는 대략 480만 명이다. 인구수의 10% 정도이고 충청북도 장애인만 해도 10만이나 된다. 우리나라 장애인 복지는 박정희 정권시절에 조급하게 만들어졌다가 1981년에 제정되었다. 이후 지금까지 여러 차례 개정되고 있지만 아직 갈 길이 멀다. 정권이 바뀔 때마다 장애인 복지정책이 수정과 개정을 반복하고 있지만 대안이나 정책면에서 볼 때 현실적인 문제를 제대로 반영하고 있지 못하다. 겉으로는 복지정책이 그럴듯해 보이지만 복지의 사각지대에 놓여 있는 장애인들의 수가 갈수록 늘어나고 있는 것을 보면 체계적이고 일관성 있는 정부 정책이 미비하다는 것을 의미한다.

장애인은 대개 선천적인 경우보다 나처럼 살면서 사고를 당해 장애를 입는 경우가 더 많다. 과학 문명은 삶을 편리하게 해 준 반면 더 큰 위험을 감수하며 살라는 경고를 끊임없이 보낸다.

　예전에는 전쟁이나 천재지변 같은 일들로 신체장애를 입는 경우만 장애인이라 생각했지만 현실은 신체장애보다 정신장애를 겪는 사람들이 더 많다. 드러나지 않거나 표시나지 않는다고 해서 멀쩡한 사람이라고 규정지을 수 없는 것이다. 극단으로 치닫는 경쟁사회에서 살아남으려다 보니 스트레스로 인한 정신질환자가 늘고 있는 현실이다. 흔한 말로 문밖을 나서면 도처에 위험이 도사리고 있어 언제 어느 때 사고를 당할지 모른다. 하니 장애는 더 이상 다른 사람만의 문제가 아니라 내 문제일 수도 있고 우리 모두의 문제라고 할 수 있다.

　충청북도 장애인 총연합회를 만들어 초대 회장을 맡으니 여기저기서 말들이 많았다. 예상 못 한 것은 아니지만 의심과 의혹의 눈초리를 거두기는 쉽지 않았다. 깡패 수장이었던 사람이 혹시라도 자신들의 밥그릇을 빼앗으려는 것은 아닌 가해서 그랬는지 그 어떤 일도 쉽게 협조하지 않으려고 했다. 한편으론 죄짓고 교도소에서 깨닫지 못한 교화를 장애인협회 사람들한테 받았다. 장애인 복지 공부를 열심히 했다고는 하지만 본래 이론과 실기는 다른 법, 막상 부딪쳐보니 논리적인 괴리감이 매우 컸다.

　이미 정부와 세상으로부터 차별과 무시를 받아온 그들로서는 당연한 보호정책이었을 것이다. 내가 아무리 같은 장애인이라고 해도 평등한 시선으로 보는 것이 아니라 특별한 시선으로 바라보아 어느 때는 설움이 솟구치기도 했다. 선의의 마음도 때가 있는 법, 언젠가는 믿어주겠지 하는 심정으로 묵묵히 견딜 수밖에 없었다.

연합회장으로 가장 먼저 할 일은 장애인들이 스스로 자립하게 하는 일이었다. 정부의 복지혜택에만 의지해서 살아갈 것이 아니라 누구한테도 이용당하지 않고 당당하게 일할 수 있는 환경을 만들어주는 것이 시급하다고 생각했다. 비장애인들이 장애인들을 돈 벌이에 이용하는 악습을 끊어내지 않으면 보호라는 명목으로 끊임없이 그들의 요구를 들어줘야 하기 때문이다.

해서 나는 장애인들이 삶의 터전으로 생각하던 난장을 없애버렸다. 난장은 그들의 터전 같지만 정작 그들을 이용해 배를 불리는 사람들은 따로 있었다. 누구보다 그 사실을 잘 알고 있었던 나는 적잖은 진통에도 불구하고 과감하게 진행했다.

나에 대해 잘 모르는 사람들은 꼴통 보수라고 생각한다. 누구나 자신이 살아낸 시절이 있기 마련이고 그 시절의 영향을 모두 피해가기는 어렵다. 그렇지만 나는 화합과 평화주의자다. 이념은 바뀔 수 있지만 삶의 근본적인 신념은 바뀌지 않는 법이다. 장애인을 활용하려는 일부 정치세력들이 문제를 만들지 우리는 공평한 대우를 바랄 뿐이다.

신은 내게 사랑과 봉사라는 벌을 주었다

장애인특별법한 해도 그렇다. 박근혜 정부에서 만든 중증장애인생산품 우선구매 특별법도 기관들이 법정의무를 무시하는 바람에 2천 명 이상의 장애인들이 일할 기회를 잃어버렸다. 기관들이 구지 가중치가 낮은 제품을 구매해서 경영평가를 낮게 받을 이유가 없다는 얘기다. 결국 공기업 입장에서 볼 때 중증장애인들의 일자리는 효율성이 낮다는 평가다. 이에 대한 문제를 보건복지부 정책국에 지속적으로 물었지만 연구해보겠다는 답변만 돌아왔다. 해서 나는 장애인특별법에 문제가 되지 않으면 사업을 승인해달라고 요청했다. 우리가 무슨 일을 하던지 법에 저촉만 되지 않는다면 얼마든지 수익을 만들 수 있을 것 같았다. 끊질긴 요구 덕분에 사업 승인을 얻어낸 나는 무사히 수익사업을 할 수 있었다.

지금은 장애인 체육대회에 국무총리가 와서 축사를 해준다. 전에는 문체부 국장이 나타났는데, 이 또한 장애인에 대한 차별이고 기 죽이는 일이라고 진정서를 넣은 끝에 이뤄낸 작은 결과라고 할 수 있다. 장애인 복지는 도움의 손길을 내미는 것이 아니라 복지를 통해서 스스로 자립할 수 있게 하는 것이다. 단체를 만들고 사업체를 꾸려 이권에 손대기 시작하면 장애인들에 대한 이미지는 더 나빠질 것이고 떳떳하고 당당한 복지를 요구할 수 없게 된다.

11년 동안 충청북도 장애인 총연합회장직을 지내는동안 숱한

우리는 태어나는 순간부터 풀 한 포기 나무 한 그루의 도움을 받으며 살아간다
친구들의 도움과 격려가 장애인운동의 시작이자 원동력이었다

우여곡절도 많았지만 이제는 복지혜택에만 의지하지 않고 어려
운 이웃에게 장학금도 주고 봉사도 하는 견실한 단체로 성장했
다. 장애인특별법과 복지 문제로 여전히 정부와 싸우고 있지만
이 또한 비장애인과 장애인이 한데 어울려 살아가자는 평화의
메시지인 만큼 좋은 결실을 맺을 것이라 기대한다.

신은 내게 사랑과 봉사라는 벌을 주었다

깡패 노릇 한 것도
써먹을 데가 있었다

나에게 장애인운동에 관심을 가져보라고 한 사람은 여럿이었다. 내가 장애를 가지고 있고 제대로 살고 있지 못하니까 다들 그런 권유를 한 것 같다. 고등학교 은사이던 김영세 교육감도 장애인을 통합하고 그들의 이익을 대변하는 일을 하면 잘할 것이라고 내게 말했다. 선생님하고는 고등학교 때 6개월 정도 담임을 맡았던 인연인데 교육감이 되어서도 끈을 놓지 않았다.

그때까지도 나는 장애인에 대해 그리 호의적이지 않았다. 나 자신도 장애인이면서 그들과 나는 다른 사람이라고 생각했다. 길거리에서 장사해 하루 벌이로 살아가고 정부에서 주는 돈 몇 푼으로 근근이 살아가는 사람들을 위해서 나더러 뭘 하라는 것인지 처음에는 답답했지만 나를 진정으로 걱정해주고 아끼는 사람들이 하나둘 같은 말을 해주다 보니 어느 순간 조금씩 마음이 움직였다. 수틀리면 주먹이나 쓰던 내가 사회에서 가장 약자라고 할 수 있는 장애인들을 대변하고 도와주다니 아이러니할 수도 있는 일이었다.

힘의 권력으로는 서열 1순위라고 어깨에 힘주고 다니던 사람이 가장 낮은 자세로 누군가를 위해 봉사한다는 일은 솔직히 어지간한 희생과 사랑이 없으면 하기 어렵다. 나 자신을 장애인이라고 인정하기 싫었던 것일 수도 있다. 장애인들도 하느님의 사랑과 부처님의 자비조차 냉소적이던 사람이 앞으로 당신들을 위해서 살겠습니다, 라고 한들 손뼉 치며 좋아해 줄 리 만무했다.

하지만 깡패생활로 얻은 장점도 있긴 했다. 그동안 많은 사람들을 만난 덕분에 장애인운동도 누군가의 눈치를 보지 않고 전국구로 일할 수도 있었다. 속담에 개똥도 다 쓸데가 있다더니, 깡패 생활로 쌓은 인연과 힘이 아주 나쁘게 쓰이지만은 않았다. 전국장애인체전을 일반인 체전보다 앞서 개최하게 만든 것도 그렇고, 한국신체장애인복지회 중앙회장을 맡으면서 활동영역을 전국구로 만든 것 역시 대단한 성과라고 할 수 있다. 자화자찬이

신은 내게 사랑과 봉사라는 벌을 주었다

라고 할 수도 있지만 장애인 관련 일들은 사실 다른 정부정책에 쉽게 밀려날 수밖에 없다. 목소리를 크게 내야 할 때는 소리를 질러서라도 우리의 권리를 찾아야 하고, 부당한 정부정책과는 맞서 싸워야 하는 용기도 필요하다.

일찍이 박근혜 정부 탄핵사건에 맞서 태극기 부대를 자처했던 나는 그 자리에서조차 장애인 정책관련 발언들을 쏟아내 많은 이들의 호응을 얻어냈다. 다소 뜬구름 잡는 얘기 같기도 했을 테지만 누군가는 분명히 우리 소리에 귀를 기울이는 법이다.

공무원들은 대부분이 장애인관련 이야기만 꺼내면 지원금 문제로만 인식한다. 일반적인 문제로 다가가도 장애인은 무조건 돈으로 지원해야 한다는 인식이 팽배하다 보니 비장애인과의 차별을 느낄 수밖에 없다. 그래서 언젠가는 한 공무원에게 대놓고 말했다.

"우리가 언제 도와달라고 했어요. 병신 취급하지 말고
똑같이 처리해달란 말이에요."

우리는 특별한 도움을 원하는 것이 아니라 법과 제도가 만든 원칙을 지켜달라는 것이다. 그 원칙은 공무원들뿐만 아니라 우리 장애인들도 꼭 지켜나가야 법과 제도의 맹점을 이용하려는 세력들이 사라지고, 장애인 스스로도 도움이 아니라 정당한 권리라고 떳떳하게 받을 수 있다. 그래야만 자식의 장애를 이용해 먹고 살려는 어금니 아빠 같은 개자식이 사라지고, 우리 장애인

**협회에 큰 도움을 주었던 사람들은 오랜 친구와 어르신,
성실한 기업인들이었다**

들이 우리 사회 일원으로 누구의 눈치도 보지 않고 당당하게 살
아갈 수 있다.

　덕분에 한국신체장애인협회는 확실하게 자립할 수 있었고 지
금까지 23억 원이라는 큰돈을 장학금으로 내놓을 수 있게 되었
다. 외부에서 보면 믿을 수 없는 얘기일 수도 있다. 그 많은 돈을
어디서 어떻게 만들었나 의심할 수도 있다. 나는 자신 있게 말할
수 있다.

신은 내게 사랑과 봉사라는 벌을 주었다

"내가 설마 주먹으로 돈 만들었겠냐? 이제 기운 없어 그 딴 짓 못 해. 왼손 없는 사람은 오른손으로 일하고, 왼발 없는 사람은 오른발로 일해서 돈 벌었다. 우리도 할 수 있어!"

지금까지 협회에 많은 도움을 주고 있는 사람들은 성실한 기업을 일구며 살아가고 있는 나의 오랜 친구와 어르신들이다. 일일이 다 밝힐 수는 없지만 또 다른 인연으로 장애인들에게 도움 주고 있는 사람들은 남진영, 이덕화, 송기윤, 이계인, 전원주, 김창숙, 박일남 씨 같은 연예인들이다. 특히 충청북도장애인체육회를 이끌고 있는 이중근 사무처장은 내 초등학교 시절 친구로 장애인체육회에 대한 관심과 애정이 커 매번 좋은 성과를 내고 있다. 이 기회를 통해 우정과 감사의 마음을 전한다.

그들의 따뜻하고 넉넉한 배려 덕분에 어려운 장애인들이 삶의 용기를 잃지 않고 살아갈 수 있게 되었다.

힘들 때 누군가 손을 잡아주면 세상은 한결 밝아진다. 그렇게 서로의 손을 잡아주며 응원해주고 위로해주며 사는 것이 우리가 바라는 참 세상이라는 생각이 든다.

그 큰 인연들에게 다시 한번 감사의 메시지를 보낸다.

서로의 다리가 되어

주고 싶었던 친구

　살면서 속 깊은 마음을 나눌 친구가 있다는 것은 참 행복한 일이다. 아내한테 할 수 없는 얘기도 친구한테는 할 수가 있고, 자식한테 할 수 없는 얘기도 친구한테는 맘 편히 할 수 있기 때문이다. '군중 속의 고독이라는 말도 있듯', 많은 인연들이 있지만 내 슬픔과 외로움은 오롯이 나만의 몫인 모양이다. 성난 코뿔소처럼 살 때는 느끼지 못했던 감정들이 이제는 붉은 노을처럼 아슴아슴 피어올라 공연히 서글퍼진다.

　신은 내게 사랑과 봉사라는 벌을 주었다

떠나간 친구가 그립기도 하고 오래전 친구가 생각나기도 한다. 거친 광야에서 총만 쏘며 살아온 서부영화의 주인공 같은데 가끔은 나를 서글프게 만드는 친구가 떠오른다. 그 친구는 초등학교 때 교통사고를 당해서 다리 하나를 잃었다. 그 사고로 병원 생활이 길어지는 바람에 나와 동기가 되었는데, 머리도 명석하고 장애에 대한 열등감도 덜한 듯 항상 밝고 긍정적이었다. 오른쪽 다리를 잃은 뒤 더 극성맞게 사느라 이리저리 학교를 옮겨 다니던 나하고는 다르게 그는 열심히 공부해서 영어 선생님이 되었다.

그가 선생님이 되었다는 소식은 다른 친구들을 통해서 드문드문 소식을 들었다. 동병상련을 느낀 것인지 다른 친구들보다 그 친구에게 마음이 더 갔다. 그 친구를 만난 것은 그가 학교에서 희망퇴직을 신청하고 영어 학원을 차리려고 할 때였다. 계속 인연이 닿아 있던 사이가 아니라서 갑자기 찾아온 내가 당황스러운 보였지만 전국구로 유명해진 신용식에 대해 모르지 않는 듯 반가운 미소에 여러 궁금증을 담고 있었다.

"아이고! 니가 여기까지 웬일이냐?"

"너, 곧 백수 된다고 소문났더라. 나랑 장애인운동이나 하자?"

내 제안에 그 친구는 한바탕 웃더니 말했다.

"야, 내가 왜 깡패 똘마니를 하냐."

"야, 나는 오른쪽 다리가 없고 너는 왼쪽 다리가 없으니까, 같이 하면 좋잖아."

"그래도 그렇지. 선생 하던 사람이 어떻게 네 밑에 가서 똘마니 노릇을 하냐, 내 제자들이 보면 쪽팔려서 안 돼."

거절의 뜻이었다. 영어 선생까지 했으니 사회적 체면도 있을 테고, 나랑 같이 뭔가를 한다는 것이 썩 내키지 않았을 것이다. 그 친구의 심정은 이해하지만 포기할 수는 없었다. 여러 사람을 상대하려면 그 친구처럼 설득력과 친화력이 좋아야 장애인운동을 이끌 수 있었다. 끈질긴 구애와 설득 끝에 친구는 결국 나와 함께 하겠다는 약속을 해주었다. 희망이 생긴 것 같아서 고마웠다. 예상대로 친구는 특유의 설득력과 친화력으로 나를 도와 충북장애인협회가 전국에서 가장 잘 운영되는 협회로 1위를 차지할 수 있도록 만들었다. 전국에서 가장 먼저 난장을 없앤 일화는 서울까지 소문이 나 장애인 중앙회의 이사가 되는 행운도 따랐다.

그 친구의 공 때문이라는 걸 나는 부인하지 않는다. 그 친구가 없었더라면 그와 같은 발전과 성장을 할 수 없었을 것이다. 그렇게 충북장애인협회가 우수 협회로 자리 잡아갈 즈음 문제가 생겼다.

나에 대해서 좋지 않은 감정을 가진 누군가의 의혹이 발단이 되어 수사기관에서 조사를 하기 시작했다. 조직폭력 전과가 있는 사람이 장애인협회장을 하고 중앙회 이사까지 올라가자 곱게 볼 수 없었던 모양이었다. 수사기관에서도 나 같은 사람을 잡아넣으면 특진은 따 놓은 당상이라 혈안이 되어 수사했다. 아내는 물론 동생과 사촌들의 금융거래를 뒤졌고, 가까이 지낸 사람들의 동향파악까지 샅샅이 하는 바람에 그들을 대할 면목이 없었다. 작은 단서 하나만 나오면 바로 구속시킬 듯 내 주변을 탈탈 털었지만 아무것도 나오지 않았다. 협회를 이끌어 오면서 나는 부정한 돈거래와 청탁성 인연은 절대 만들지 말자는 철칙을 가지고 일했다. 그러나 가까이 있는 사람들조차 내 신조에 대해 의혹을 품고 날 믿지 못한 것 같았다.

안타깝지만 그것도 지나온 내 삶에 대한 벌이라 생각하고 그들을 원망하지 않았다. 나는 더 이상 떨어질 곳도 없었고 지켜야 할 명예도 없기 때문이다.

하지만 세상의 인심은 그렇지 않았다. 사촌이 땅을 사면 배가 아프다는 우리 속담처럼, 내 덕이 부족한 탓인지 나에 대한 의혹과 의심은 끊이지 않았다. 어느 날 난데없이 여러 명의 장애우가 몰려오더니 험악한 욕설을 퍼부으면서 다짜고짜 무차별 난타를 하는 것이었다. 균형을 잃고 바닥으로 쓰러진 나는 아무 저항도 하지 않고 맞기만 했다. 팔과 다리를 못 쓰는 놈이 무슨 수로 그들에게 저항을 할 것이며, 그들 역시 나와 같은 장애인들이라 맞서 싸우고 싶지도 않았다. 그들이 무슨 이유로 몰려왔고 무슨 오해가 있어 나를 때리는지 짐작은 갔지만 변명으로 들릴까 봐 애써 설명하지 않았다. 무려 12시간 동안 난타를 당한 끝에 병원으로 실려가 입원을 했는데, 쓸개가 터져 위험한 상황이었다.

살면서 그토록 죽게 맞아 본 적은 처음이었다. 주먹으로 누군가를 때려 본 적은 있지만 무자비하게 떼로 맞아 본 것은 처음이라 그동안 내가 날린 주먹이 몇 곱절이 되어 돌아왔다는 생각이 들었다. 불교에서 말하는 업보가 사실이라면 내 벌을 달게 받은 셈이었다. 맞아서 몸은 아팠지만 그래도 마음은 편했다. 나 하나 맞은 것으로 끝나 다행이라는 생각 한편으로 내가 참지 못하고 싸움을 걸었더라면 덫을 놓고 기다리던 그들에게 꼼짝없이 당할 뻔했다는 안도의 마음이 들었다. 사람들도 신용식이 죽도록 맞아서 병원에 입원했다는 소리가 도무지 믿기지 않는 모양이었다.

전국구로 노는 깡패가 어떻게 장애인들한테 맞아서 쓸개가 터질 수 있느냐고 반신반의하는 사람들이 많았다. 판사조차 믿을 수 없어 했지만 결국 나는 무죄 판결을 받았다. 무죄 판결을 받는 순간 나는 기쁨보다 씁쓸함이 더 커 좋아할 수가 없었다. 내 무죄를 반기지 않는 사람이 내 친구라는 사실에 기가 막혔다. 그 모든 책임이 그 친구에게 있다고 할 수 없는 것은 내가 그에게 믿음과 신뢰를 주지 못해서 생긴 일일 수도 있다는 생각이 들었기 때문이다. 부처님께서 "모든 일은 나로부터 생긴 것이고 나로

인해 만들어진 것이니 누구 탓할 일이 아니다"라고 말씀하셨다. 맞으면서 생각해 보니 부처님 말씀이 옳은 것 같아서 반항하지 않고 후련하게 맞았는데, 나의 깊은 깨달음도 모르고 친구는 "너 전국구 오야 맞아?"라며 자꾸 물었다. 깨달음을 얻었다고 말하면 또 비웃을 것이고, 솔직히 주먹이 근질거리는 걸 참았다.

그 사건 이후로 나는 간암이 생겨 투병 중이다. 직접적인 영향이라고 할 수는 없지만 그 일은 내게 큰 스트레스를 주었다. 마음을 다치고 나니 한동안 의욕이 없었다. 멀쩡한 곳이 한 군데도 없는 몸을 가지고 무슨 장애인운동을 하나 하는 회의가 들었다. 몸은 점점 줄어들고 신경은 쇠약해져 가족들 이외는 아무도 만나기가 싫었다.

건강을 잃으면 모든 것을 다 잃는다는 말이 맞았다. 매사 의욕이 넘치던 사람이 말수까지 줄어들고 바깥 활동을 줄이자 아내가 몹시 걱정스러운 말투로 말했다.

"여보, 날아다니던 신용식 씨 어디 갔어요? 나이 들었으
니 몸이 아플 수도 있고, 사람이니까 배신도 할 수 있고
그런 거지. 뭘 그런 일로 쩨쩨하게 그래요."

아내의 충고를 듣고 보니 틀린 소리가 아니었다. 살다 보면 그

럴 수도 있고 저럴 수도 있는 것이 인생이었다. 어제는 이미 지난 일이고 오늘도 과거일 뿐이라고 생각하면 새로운 내일을 위해 사는 수밖에 없었다. 아내의 잔소리는 언제나 쓴 약이 되어 나를 일으켜 세웠다. 이순신 장군은 왜군과의 싸움에서 밀릴 때도 '내게는 아직 열두 척의 배가 남아 있다'라며 자신과 부하들에게 용기를 북돋아 주었다. 현재의 상황을 비관하기보다는 남아 있는 것에서 희망을 찾도록 한 것이다. 내게도 아직은 쓸 만한 다리 하나와 팔 하나 그리고, 장애인운동에 대한 애정과 열망을 가득 품고 있는 가슴이 있으니 충분히 이겨낼 수 있다는 뜻이었다. 아내의 따끔한 충고가 나는 세상에서 가장 무섭다. 나는 평생 주먹과 발차기로 세상을 이기려고 했는데, 내 아내는 말 한마디로 나를 웃기고 울게 만든다.

컨테이너에 사는 보스

전에는 세상 눈치 안 보고 거칠 것 없이 살았는데, 요즘에는 세상 눈치 보느라 밖에 나가 자장면 한 그릇 사 먹는 일조차 조심스럽다. 세상눈이 얼마나 무서운지 알고 나니 행동 하나 말 한 마디가 어떤 모습으로 돌아올지 몰라서 웬만해선 집 밖으로 나가지 않는다.

'장애인정책 연구소'라고 써 붙인 컨테이너 한 동이 내 집이고 사무실이다. 큰 변고가 생기지 않는 이상 나는 아침 아홉 시에 출근해서 저녁 여섯 시까지 컨테이너에 머물면서 장애인 관련 정책을 연구하고 학자들에게 자문을 구해서 정부 정책에 반영할 수 있도록 노력하고 있다.

돈이 생기는 일도 아니고 누가 시켜서 하는 일이 아니라 찾아오는 손님도 별로 없다. 그러다 보니 점심도 대충 먹거나 거르는 날이 많지만 그 생활도 익숙해지다 보니 견딜 만하다.

좁은 독방에서의 수감생활과 비교하면 특급호텔이나 다름없을 정도로 필요한 것은 다 있다. 공간이 너무 넓으면 생각이 산만해지기 쉽고 청소하기도 힘들어 책상 하나와 커피 믹스 타 먹을 물통 놓을 자리만 있으면 충분하다.

가끔 사람들을 만나러 나갈 때는 초라한 모습을 보이기 싫어 꽃단장을 하고 나가지만 컨테이너에 혼자 있을 때처럼 편하지는 않다. 왕년에 한가락 했던 사람들에 대한 세상의 시선은 은퇴한 여배우를 바라보는 시선만큼이나 호기심이 왕성해서 처신을 조심할 필요가 있다.

아무리 그래도 제 버릇 개 못 준다고, 나름 패션니스타로 통했던 내가 궁기 흐르게 다닐 수는 없어 단장을 해보지만 예전 같은 스타일은 나오지 않는다. 흐르는 세월 앞에 장사 없을 테니 지금의 모습 또한 지극히 자연스러운 모습일 것이다.

나뿐만 아니라 모시고 있는 형님들도 그렇다. 일일이 누구라고 말할 수는 없지만 한때는 다들 정글을 호령하던 사람들인데,

지금은 순한 양처럼 평화를 지키려 노력하며 살고들 있다. 힘의 논리에서 밀려나기도 했지만 그보다는 자연의 순리를 거스르지 않기 위함이기도 하다. 그러나 아무리 이빨 빠진 호랑이라고 해도 호랑이는 호랑이다. 처음부터 토끼는 토끼고 호랑이는 호랑이라 타고난 야생성과 감각까지 단번에 사라지는 것은 아니다.

고희古稀와 산수傘壽를 맞은 선배님들을 만나면 상대적으로 내가 젊게 느껴진다. 전에는 그들 앞에서 말 한마디조차 조심스러울 정도로 센 형님들이었는데, 이제는 호랑이보다는 토끼에 가까운 귀여움과 연민이 생겨 저절로 재롱떨게 된다. 무엇을 위해서 살았던지 한 시절 형님 아우로 지내며 세월의 흔적을 함께 맞고 보니 묘한 형제애가 느껴진다. 자주 만나 술잔을 기울이며 외로움을 나누어야 하는데, 그분들 또한 건강이 예전 같지 않아서 한 번 만나는 일이 마치 산을 넘고 바다를 건너야 하는 일처럼 쉽지 않아서 늘 마음만 앞선다.

세상이 각박해져 그런지 사람의 정으로 살기는 어려운 모양이다. 의리와 정으로 살던 시대가 아니라 인권과 이해관계가 맞아떨어져야만 사람을 믿는 세상이다. 고소와 고발이 넘쳐 나는 것 역시 개인의 인권과 집단의 이해관계가 만들어내는 현상이라고 할 수 있다. 피해의식 때문에 그럴 수도 있겠지만 하루 종일 컨테이너에 혼자 있다 보면 사람소리를 한 번도 듣지 못할 때가 있다. 나한테는 아주 많은 인연들이 있고 갇혀 사는 것도 아닌데,

**좋은 인연 하나만 있어도
실패한 인생은 아니라는 생각이다**

세상과 점점 단절된 채 살고 있는 것 같아 쓸쓸하다. 그런 한편
으론 나를 컨테이너에 가둔 것은 나 자신이고, 내가 이곳에서 해
야 할 일은 장애인정책연구라는 생각으로 다시 마음을 다잡는
다. 그리고 장애인연구소의 문은 언제든지 활짝 열려있다. 연구
소에 입장하기 위한 허가증은 필요없다. 장애 당사자나 장애인
을 위하는 마음이 있다면 나는 언제든지, 어느 누구든지 기쁜마
음으로 그들을 환영할 것이다.

신은 내게 사랑과 봉사라는 벌을 주었다

행복공장
이야기

　장애인고용촉지 및 직업재활법은 장애인 각자의 능력에 맞는 직업을 선택해서 인간다운 생활을 할 수 있도록 하는 것에 목적이 있다. 1990년 1월 법률로 정해졌다가 일부가 수차례 개정되었고 '장애인고용촉진 및 직업재활법'이라는 명칭으로 변경되었다.

　제1장 총칙, 제2장 장애인 고용촉진 및 직업재활, 제3장 장애인 고용 의무 및 부담금, 제4장 한국장애인고용공단, 제5장 장애인 고용촉진 및 직업재활 기금, 제6장 보칙 등 총 6장 87개조와

부칙으로 구성되어 있는데, 정신 똑바로 차리고 읽지 않으면 복잡해서 이해하기 어려운 내용이 많다. 일부러 행정위주의 어려운 표현들로 만들어진 것인지는 모르겠지만 우리나라 법률 용어들은 왜 하나같이 그 모양으로 애매하고 복잡한 표현들을 쓴 것인지, 애당초 무지한 백성들까지 쉽게 읽고 쓸 수 있도록 만들었다는 세종대왕의 뜻이 무색할 정도다.

그러니까 장애인고용촉진 직업재활법이란, 국가에서 장애인을 고용하는 기업체에게 직업생활에 필요한 장비 및 설비 등을 융자해 주거나 지원해줄 수 있다는 얘기다. 그러나 국가의 그러한 좋은 법과 지원이 있어도 선뜻 장애인을 고용해서 기업을 일구겠다는 경영자들은 흔하지 않다. 고용장려금을 주고 직업재활기금을 설치해준다고 해도 기업들이 적극적이지 않기 때문에 장애인의 고용시장은 좀처럼 나아지지 않는다. 물론 전보다는 많은 성과가 있었지만 정부정책에 의한 고용은 한계가 있어 기업인들 스스로가 장애인에 대한 인식이 달라져야 한다.

올해 5월부터 장애인 고용촉진 및 직업재활법 시행령이 개정된 조항 중에는 직장 내 장애인 인식개선을 위한 의무교육을 연1회, 1시간 이상으로 한다고 규정했다.

직업재활법 시행령이 자주 개정되는 것은 그만큼 일터에서 발생되는 문제점들이 많기 때문이다. 아무리 법으로 만들어 단속을 하고 위반 시 벌금을 징수해도 함께 일하는 동료와 경영자 관

신은 내게 사랑과 봉사라는 벌을 주었다

리자들이 장애인에 대한 차별의식이 달라지지 않으면 법은 무용지물이 될 수도 있다.

나도 그렇지만 장애인들은 기본적으로 심한 열등감을 가지고 있다. 장애는 죄가 아닌데 공연한 수치감이 들며 사람들의 눈치를 살피게 된다. 그것은 사회적 약자를 바라보는 우리사회의 잘못된 인식 때문이다. 자신보다 강하거나 높은 사람들은 우러르고 자신보다 약하거나 지위가 낮은 사람들은 무시하거나 짓밟으려는 속물근성이 오랫동안 장애인에 대한 차별로 이어진 것이다. 현실이 그러한데 수익과 직결되는 기업에서 차별하지 말고 똑같이 일할 수 있도록 해달라고 한들 누가 쉽게 받아들일 수 있겠는가. 아무리 직업재활법이 완고하게 시행된다고 해도 기업주들이 장애인에 대한 인식이 바뀌어야 다함께 일할 수 있는 행복한 일자리가 보장된다.

내가 가장 존경하는 기업인은 장애인의 생산적 복지를 가장 크게 실천하고 있는 '에덴복지재단'과 '행복공장 만들기 운동본부'의 정덕환 이사장이다.

1급 지체장애인인 정덕환 이사장은 청년시절 잘 나가던 국가대표 유도선수였었다. 대학시절 불의의 사고를 당해 경추를 다친 뒤 지금까지 휠체어 생활을 하고 있지만 언제나 밝고 긍정적이어서 많은 사람들이 따른다. 정 이사장이 일궈온 파주의 에덴복지재단 산하 작업장에는 장애인과 비장애인 합쳐 200여 명이 일하는데, 4대 보험은 물론이고 근로소득세까지 납부한다. 정 이사장이 추구하는 생산적 복지 현장이라고 할 수 있다.

연 매출 200억 원 규모의 탄탄한 기업으로 성장할 수 있었던 것은 정부에만 기대지 말고 열심히 일해서 세금 내는 국민이 되자, 라는 그의 경영철학이 빛을 보았기 때문이다.

방문할 때마다 매번 느끼는 것은 작업장에서 일하는 사람들 모두가 밝고 자신감에 차 있다는 것이다. 내가 특별히 잘해 준 것도 없는데, 대통령보다 더 환하게 반겨주는 모습을 보면 삶의 환희가 느껴질 정도다. 누가 나를 그토록 순수한 눈길로 환영해 주겠는가. 그들의 모습에서 진짜 사랑이 무엇인지 깨닫지 않을 수 없다. 또 하나 장애인들이 비장애인들보다 불량품이 적게 나와 작업 능률이 매우 높다고 한다. 그만큼 집중도와 정확도가 높다는 뜻이다. 물론 정이사장의 끊임없는 사랑과 경영철학의 승리겠지만 그들이 가지고 있는 장점을 잘 살리면 기대 이상의 효과를 볼 수 있다. 편견 때문에 시도조차 하지 않는 일반 기업인들에게 정이사장의 행복공장 이야기가 많은 걸 시사했으면 하는 바람이다.

정덕환 이사장은 음반을 내고 가수로도 활동하는데 주로 취약 계층의 아이들이나 소외된 이웃들을 찾아다니면서 노래를 불러 노아 할아버지로 유명하다. 솔직히 노래를 잘하는 것은 아니지만 그의 노래를 듣고 있으면 삶의 경건함과 숭고함에 가슴이 먹먹해진다. 호소력 짙은 목소리에서 우리가 사는 오늘이 얼마나 소중하고 아름다운지 깨닫게 해준다.

그가 가장 좋아한다는 숫자 1030은 일(1)이 없으면(0) 삶(3)도 없다(0)는 뜻이다. 에덴복지재단이 매년 10월 30일을 기념하는 것도 정이사장의 경영철학을 되새기기 위함이라고 한다.

그의 그러한 경영철학은 일터에서뿐만 아니라 내가 장애인정책 연구를 하는 데도 많은 도움이 되고 있다. 산업현장에서 발견되는 문제점들이 정책으로 만들어져 시행되면 장애인들에게 더 많은 일자리가 창출될 것이고, 복지의 패러다임도 더 좋은 쪽으로 바뀔 것이기 때문이다.

노인회에도 못 가는 장애노인들

백세 시대라고 떠들지만 그것도 돈 있고 건강한 노인들한테나 해당하는 말이다.

우리 시대 가난하고 건강하지 못한 노인들은 백 살은커녕 팔십을 넘기기도 어렵다. 탑골공원에 나가보면 오갈 데 없는 노인들이 삼삼오오 모여서 내기 장기나 두고 공짜 점심이나 찾으러 다니는 경우가 많다. 그들도 한때는 산업화시대의 역군이었는데 자식들 키우느라 정작 자신들의 노후는 준비하지 못한 것이다.

신은 내게 사랑과 봉사라는 벌을 주었다

'젊어 고생은 사서 한다'는 말도 이제는 쓸모없어졌다. 고생해서 키워 놓은 자식들은 안타깝게도 늙고 병든 부모를 그리 달갑게 생각지 않는다. 효심을 부추기던 유교사회 전통도 옛말이지 요즘은 돈 없는 부모는 학대당하는 사회적 문제까지 만들고 있어 쓸쓸함을 감출 수가 없다.

노인문제에 관심이 더 가는 이유는 나도 노인이라서 그렇기도 하지만 장애노인들이 비장애노인들보다 더 누추하고 열악한 환경에서 살고 있기 때문이다. 밥 한 그릇 사먹기 위해 식당에 가려해도 장애노인을 대하는 주인의 눈치가 곱지 않게 느껴진다. 휠체어라도 타고 들어가면 불편한 몸으로 꼭 밖에 나와 밥을 사먹어야 할까? 하는 눈길로 쳐다보아 굴욕감이 들 때가 많다고 한다. 사회 구석구석에서 장애노인에 대한 차별이 이뤄지고 있는데, 그중에서 가장 표시가 날 정도로 심한 곳은 노인회다. 전국적으로 수십 개의 지회와 수십 만 명의 회원을 거느리고 있는 노인회에도 장애노인 회원은 지극히 제한적이고 그 수도 적다.

노인회를 이끄는 사람들 또한 고위직 출신이었거나 출세한 자식들을 둔 그야말로 세월 좋은 노인들끼리 밥 사고 술 사먹기 위해서 모이는 사교모임처럼 운영되고 있다. 여담이지만 그렇게 왕년에 잘 나갔던 노인들과 현재 잘 나가는 자식을 둔 노인들은 인기도 좋아서 여자 친구도 있고 남자친구도 있어 외롭지 않다. 노인회를 만든 목적과는 상관없이 경제적으로 여유가 없거나 장애를 가진 노인들의 경우는 회원으로 환영받기 어렵다는 뜻이다. 장애노인이 노인회에 들어가지 않으려는 이유도 그들만의 리그로 운영되는 모임에서 따돌림 당하고 싶지 않기 때문일 것이다.

그래서 내가 장애노인회를 만들려고 보건복지부에 여러 차례 제안을 했다. 그들은 아직도 내 주먹만 보이고 지금까지 해온 일은 보이지 않는 모양이었다. 직접적으로 말은 안 했지만 국가 예산 타령으로 돌리는 공무원들을 상대하면서 장애노인에 대한 처우가 아직도 멀었다는 생각이 들었다. 누군가는 꼭 해야 될 일이기에 앞장서려 했건만 오해의 벽에 부딪칠 때마다 회한이 몰려온다.

장애노인의 자살률이 높은 것은 젊어서는 사회적 편견을 오기와 분노로 이겨냈지만 노인이 되면 그조차 다 쓸데없다는 생각이 들기 때문이다. 자살은 대부분 우울증에서 비롯된다고 한다.

경제선진국이라고 자부하는 대한민국에서 노인 자살률이 OECD 국가 중 1위라는 사실은 참으로 불명예스럽고 부끄러운 일이다. 자살공화국에 이어 노인공화국이라고까지 불리는 우리 사회의 행복지수를 높이려면 노인의 죽음 특히 장애노인의 자살과 고독사 문제에 큰 관심을 가져야 한다. 돈 없고 빽 없는 노인들이 상대적 박탈감을 느끼지 않도록 비장애노인들의 배려와 이해가 필요하고, 외로움과 열등감에 시달리는 장애노인들을 좀 더 적극적인 시선으로 바라봐 주었으면 하는 바람이다.

어느 국제단체에서 노인들이 가장 살기 좋은 나라를 뽑았는데, 96개국 중 한국은 60위라고 한다. 노인들이 가장 살기 좋은 나라는 스위스로 만족도 점수가 무려 90점 이상이 나왔다. 아시아 국가로는 일본이 살기 좋은 나라에 속했고, 필리핀이나 베트남, 스리랑카 같은 나라가 우리보다 순위가 높은 것으로 조사되었다. 노인들이 살기 좋은 나라로 뽑은 조건에는 경제적 조건 즉, 연금이나 생활보조금이 잘 나와야 하고, 두 번째는 자연환경, 세 번째는 노인정책에 얼마나 많은 신경을 쓰고 있는지에 대한 조건이 충족되어야 한다. 그 순위가 정확하다고 말할 수는 없지만 노인정책 관련 문제는 어느 나라나 삶의 행복조건에 중요한 요소인 것은 맞는 것 같다. 국민의 행복권을 책임지는 것은 국가의 의무이고 나 같은 장애노인은 그 행복 추구권을 찾기 위해서 국가를 상대로 고군분투하는 수밖에 없다. 가만히 앉아서 세월 탓만 하다가는 나도 우울증에 걸릴지도 모르기 때문이다.

나는 친구를 사랑한다

간지럽게 들릴지 모르지만 아내한테는 사랑한다는 말을 자주 못 해도 친구들한테는 자주 한다. 그만큼 나는 친구들을 좋아한다. 깡패질하던 놈이 사랑한다고 말하면 "징그럽게 왜 이래!" 하며 소리치는 친구들이 많지만 아주 기분 나빠하는 것 같지는 않다. 사랑한다는 말처럼 기분 좋은 소리도 없다. 한참 피가 뜨거울 때는 사랑이라는 말을 여자한테만 써먹는 줄 알았다.

그때도 물론 사랑이었을 테지만, 말 안 듣는 아들놈과 친구들한테 하는 사랑의 표현도 하고 나면 그렇게 기분이 좋을 수가 없다. 돈도 안 들고 서로 기분까지 좋아지는데 아낄 필요가 뭐 있을까. 농담처럼 남발해도 사랑이라는 말은 듣기 좋은 것이 사실이다.

친구들은 나를 어떻게 생각할지 모르지만 나에게 친구란 이념 같은 것이다. 어린 시절부터 대문 밖에만 나가면 기다려주고 반겨주는 친구들이 있었기에 가족들한테서 채우지 못한 갈증도 채울 수가 있었고, 거칠고 삐뚤어진 내 욕망까지도 가감 없이 그들과 함께 나눌 수 있었다. 친구들이 나를 좋아해주면 더 잘해주고 싶어서 과욕을 부리기도 했고, 더 많은 친구를 만들기 위해서 질투 아닌 질투도 엄청 부렸다. 드러낼 수 없는 내 안의 결핍이 자꾸 집이 아닌 친구들한테 향하도록 만들 때마다 찾아갈 친구가 있다는 것이 내게는 축복이었다. 때로는 너무 거칠게 다가가 친구에게 상처를 입힌 적도 있었고, 죄를 지어 친구들을 부끄럽게 만든 적도 있었다.

그 친구들을 위해서 내가 할 수 있는 것은 예전이나 지금이나 변함없이 사랑하는 일이다. 그래서 친구들이 잘되기를 누구보다 기원한다. 혹여 친구들한테 부끄러운 친구가 될까 봐 조심스럽기도 하지만 어느 때는 내게 시간이 얼마 남지 않은 것 같아서 지나칠 정도로 친구들을 독려하다 보니, 이상한 놈이라고 짜증을 부린다. 그래도 능력 있는 내 친구들이 걸맞은 자리에 앉아

일하는 모습을 보고 싶다. 내가 공부와 담을 쌓고 밖으로만 나돌아 다닐 때 충청도 선비기질을 타고난 내 친구들은 열심히 공부해서 언론인이 되고 선생님도 되어 자랑스럽다. 각자 다른 일을 하면서 살아왔지만 친구라는 이름 앞에서는 아무 기준도 적용되지 않는다. 그냥 누구누구일 뿐이며 언제 만나도 저절로 웃게 된다. 욕을 해도 편하고 밥을 얻어먹어도 편해서 아무 때나 만나자고 전화 하다 보니 막무가내라는 소리를 듣는다. 뭐 그래도 할 수 없다.

본래부터 이상하고 지랄 맞고 잘생긴 놈인 것도 맞지만 덧붙여 친구 없으면 못 사는 놈이기도 하니까. 평생 좋은 친구 두 명만 있으면 성공한 인생이라고 하는데, 나는 두 명 이상의 친구를 가졌으니 성공한 인생 맞다. 성공의 의미가 사회적 지위가 높거나 돈이 많은 것이라면 나는 당연히 실패한 쪽이지만 성공은 과거가 아니라 현재 어떤 마음으로 무슨 일을 하면서 사는지가 진정한 성공이라고 생각한다.

친구이야기라면 조선시대 명신인 오성과 한음을 빼놓을 수 없다. 두 사람은 어려서부터 친구로 지내며 온갖 장난을 일삼아 수많은 일화를 남겼다. 내 친구 중에는 나하고 깡패 짓 한 놈이 없

신은 내게 사랑과 봉사라는 벌을 주었다

어 다행이지만 오성과 한음은 서로를 골탕 먹이거나 장난치며 노는 것이 일상이었다고 한다. 많은 일화 중에서 한음이 오성의 담력을 시험한 이야기는 꽤 재미있다.

오성은 어느 날 한음에게서 전염병으로 몰살한 집에 가서 시체들을 감장해달라는 부탁을 받는다. 전염병으로 죽은 집이라면 의당 가지 말아야 함에도 불구하고 친구 한음의 부탁이라 오성은 한밤중 그 집을 찾아간다. 오금이 저려 발길이 쉽게 떨어지지 않았지만 친구의 부탁을 저버릴 수 없었던 것이다. 오성이 시체를 감장하기 위해서 덮혀 있던 거적을 조심스럽게 들어 올리는데, 한 시체가 벌떡 일어나더니 오성의 뺨을 후려치는 것이었다. 혼비백산한 오성은 뒤로 발라당 나자빠졌고 한음은 자신의 장난이 성공했다며 박장대소를 하며 웃었다고 한다.

아무리 친구라고 해도 장난이 심하면 의절하기 쉽다. 무엇보다 친구의 부탁을 거절하지 않고 그 험지까지 찾아가는 오성의 행동은 친구에 대한 믿음이 없으면 실행하기 어려운 일이다.

자칫 친구의 생명까지 위협할 수 있는 장난을 치면서도 두 사람은 언제나 함께했고 후대까지 붕우유신朋友有信의 도리가 무엇인지 교훈을 남겼다.

좋은 친구를 얻으려면 내가 먼저 누군가의 좋은 친구가 되라는 말이 있다. 내가 누군가의 좋은 친구인지는 자신이 없지만 나는 좋은 친구들을 두었다고 자부한다. 힘든 일이 있거나 외로울 때 전화하면 이유를 묻지 않고 달려와 귀를 기울여 주는 친구가 있다는 것은 그 어느 것과도 비교할 수 없는 소중한 재산이다.

살아보니 돈은 그야말로 밀물과 썰물 같은 것이었다. 욕심과 욕망으로 모으고 움켜쥔 재산은 어느 순간 썰물처럼 허무하게 빠져나갔다. 물질로 정신을 채울 수 없음을 누구보다 뼈저리게 느껴본 나는 빌딩 몇 채 있는 것보다 짜장면 한 그릇 나눠먹으며 껄껄껄 웃을 수 있는 친구가 몇백 배 값지다는 걸 알았다.

청주는 태어나서 지금까지 나를 품어주고 살게 하는 어머니 품속 같은 곳이다. 한동안 바람처럼 객지를 떠돈 적도 있긴 하지만 내가 있어야 할 곳은 이곳이다. 청주에는 동화 같은 내 유년의 친구들이 있고 풍경이 달라지긴 했지만 어딜 가나 추억과 시간이 쌓여있기 때문이다.

마음이 조급해지는 까닭은 그 친구들과 함께할 시간이 얼마 남지 않은 것 같아서다. 백 세까지 산다고 한들 우리가 언제든지 만날 수 있다는 보장은 없다. 남은 정신과 기운으로 내 친구들에게 막 허세를 부리고 싶은데 마음만 급할 뿐이다. 그래도 부끄러운 친구로 기억되고 싶지는 않아서 오늘도 내 죽마고우竹馬故友들을 생각하며 열심히 살고 있다.

신은 내게 사랑과 봉사라는 벌을 주었다

진짜 빽이란 누군가의 자랑이 되는 것이다

예전에 힘깨나 쓰던 형님이 있었다.

덩치도 좋았지만 싸움 기술도 좋아서 서너 명 정도는 한 번에 번쩍 들어서 메쳤다. 지금은 80이 넘었으니 아주 오래전 일이다. 전설 같은 한 시절 이야기라 반신반의하는 사람들도 많겠지만 싸움의 기술이라는 것은 힘이 아니라 기다. 상대를 꺾는 것은 기와 배짱, 그다음이 싸움의 기술이다. 힘과 기술만 있어서는 절대로 상대를 때려눕힐 수가 없다. 전쟁을 승리로 이끄는 것 역시 허를 찌르는 전략과 협상이지 무기가 아닌 것이다.

그 형님은 기와 힘 그리고, 돈 주고 배운 싸움의 기술까지 있어서 한 시절은 나름 유명세를 탔다. 형님도 나이를 먹어 가는지 언제부턴가 연락이 소원해졌는데, 어느 날 내게 전화를 해서는 한번 다녀가라고 하는 것이었다.

"용식아, 나여!"

"아이고! 형님, 웬일이세유? 건강은 하지유?"

내가 먼저 안부 전화를 했어야 하는데, 그동안 너무 소원하게 지낸 것 같아서 죄송한 맘이 들었다.

　　"팔십 넘은 몸이 안 아프고 배기것냐. 그동안 안 죽고 산
　　것만도 다행이지. 그나저나 말여, 너 여기 좀 한번 놀러
　　와라."

"형님, 무슨 일 있슈?"

　　"용식아, 내가 우리 동네 노인회 반장 아니냐. 그런디,
　　여기도 예전에 놀던 놈들이 있어서 나도 한주먹 하던 놈
　　이고, 신용식이가 내 동생이라고 하니께 영 안 믿는다."

형님 얘기를 듣자니 웃음이 나왔다. 마치 어릴 적 내 동생이 맞고 들어와서는 나한테 울면서 고자질하는 분위기였다. 왕년에 주먹깨나 썼다고 얘기해도 믿어주지 않으니까 답답한 모양이었다. 팔십 먹는 노인네 과거야 반 이상은 뻥일 테니, 믿지 않는 것이 당연했다.

"형님, 그럼 믿게 해주면 될 거 아뉴. 옛날에 형님이 잘
하던 거 있잖유, 돈 주고 배운 기술?"

"용식아, 내가 칠십 먹은 애들을 워치기 이기냐. 걔네들
무서워! 이젠 무릎 팍 아파서 다리도 안 올라가."

내 몸도 이런데 형님이야 오죽할까 싶은 것이 마음이 쓸쓸했
다. 가는 세월을 붙잡을 수도 없고 담벼락 허물어지듯 하는 몸을
새로 지을 수도 없는 일이었다. 그나저나 형님이 농담으로 하는
얘기 같지 않아서 맘에 걸리긴 했지만, 그렇다고 바로 달려가서
내가 그 깡패새끼 신용식이라고 보여줄 수도 없었다.

"형님, 제가 요즘 장애인정책 연구하느라 바쁘니께 나중
에 갈게유."

형님한테는 미안하지만 그런 일로 형님을 만나러가기는 싫었
다. 그러나 형님은 이후에도 계속해서 전화를 걸어왔고 나를 기
다리는 눈치였다. 더 이상 거절하면 형님에 대한 도리가 아닌 것
같아서 어느 날 형님을 만나러 가기로 결심했다. 빈손으로 갈 수
는 없고, 노인들이 좋아하는 파인애플 통조림과 생과일 등을 한
바구니 채워 들고 형님을 찾아갔다.

형님이 알려 준 대로 노인회관으로 찾아갔더니 회관 가득 사
람들이 모여 있었다. 무슨 선거운동 하러 온 사람도 아니고 단지
형님을 만나러 왔을 뿐인데, 사람들이 호기심 가득한 눈길로 날
바라보아 기분이 묘했다. 내가 나타나자 형님이 기세등등한 표

정으로 나를 반겼다.

"아이구! 우리 용식이 왔구나!"

두 팔을 벌려 나를 반기는 형님을 보니 가슴이 먹먹해지면서 눈물이 핑 돌았다. 예전의 주먹은 어디 가고 쪼글쪼글한 노인이 어린애처럼 좋아해주니 삶의 연민이 솟구쳤던 것이다.

내가 누군가의 백이 될 수 있다는 것이 기분 좋았다.

"봐봐, 여기 진짜 신용식이 왔잖여!"

형님이 큰 소리로 말하자 모여 있던 사람들이 놀라는 표정으로 날 쳐다보았다. 소문으로만 듣던 전국구 깡패를 눈앞에서 보다니 믿을 수 없다는 표정이었다. 그보다 형님이 허풍을 떤 것이 아니라 진짜 나와 친분이 있음을 증명해서 그런지 형님을 바라보는 눈길도 조금 전과 달랐다. 아무리 나이가 들어도 남자의 위세는 죽지 않는 법, 무르팍이 아프다던 형님은 어느새 어깨에 힘이 잔뜩 들어가 있었다. 그 모습을 보니 찾아온 보람이 있었다.

날 부끄러워하는 것이 아니라 자랑스러워 해주는 형님이 더없이 고마워서 이후에도 여러 번 우연을 핑계 삼아 형님을 만나러 갔다. 현재가 초라한 사람일수록 왕년의 추억을 파먹고 사는 수밖에 없다. 형님에게 그나마 나 같은 사람이 추억이 되고 왕년의 백이 될 수 있어 다행이다. 안타까운 것은 좀 더 일찍 형님을 찾아뵙지 못한 것이다. 까짓 십만 원도 안 드는 과일바구니 하나만 들고 가면 될 것을 말이다.

신은 내게 사랑과 봉사라는 벌을 주었다

정권은 바뀌어도 이념은 변치 않는다

장애인 정책연구소는 여섯 평정도 되는 컨테이너가 사무실이다.

책상 두 개와 소파 하나가 고작인 사무실 문을 열고 들어서면 맨 먼저 눈에 띄는 것이 벽에 걸린 사진들이다. 그 큼지막한 액자 속에 담긴 사진을 본 사람들의 반응은 대체로 두 부류다.

"에이 뭐야! 아직도 저 사진을 걸어놓고?"

이렇게 반응하는 사람은 나와 나란히 찍은 전 대통령 박근혜

사진을 보았기 때문이다. 전 정권의 실세들과 찍은 사진들을 나
란히 걸어놓았으니 나를 과거의 영화에 매달려 사는 꼴통보수쯤으
로 생각하기 마련이다.

사람들이 그런 반응을 보인다는 것은 세상 바뀐 지가 언제인
데 아직도 사무실 한가운데에 저런 사진을 걸어놓았느냐는 시선
일 것이다.

그러거나 말거나 내 대답은 늘 한결같다.

"내가 좋아하는 사람이야. 정권이 바뀐 것이지 내 이념
이 바뀐 것은 아니잖아."

시대에 따라 사람이 들고 나는 것은 당연한 이치다. 정치는 물
처럼 흐르는 것이고 정권도 바뀌면서 새 시대가 열리는 것이다.
하지만 새 시대가 왔다고 구시대의 인물까지 내 안에서 몰아내
야 한다면, 그야말로 물색없는 정치인들과 무엇이 다르겠는가.
혹자들은 나를 정치 깡패라고도 말한다. 아주 틀린 소리도 아닌
것이 나도 한때는 국가를 위한답시고 그들과 함께했던 시절이
있었기 때문이다. 그때도 나는 당을 본 것이 아니라 국가를 위
한 신념을 우선으로 생각해서 일했지 당을 위해서 일한 것은 아
니다. 그 순수한 마음이 때로는 미혹 당하여 변질되기도 했지만
정치를 이념과 신념이 아닌 사욕의 대상으로 이리저리 움직이는
정치인들을 보면 씁쓸하기 짝이 없다.

물론 전 정권의 패착으로 많은 국민들이 실망하고 돌아섰다는

신은 내게 사랑과 봉사라는 벌을 주었다

것을 모르지 않는다. 모 정치인의 말대로 제 이권과 야망만 챙기려던 정치인들이 결국 전 정권의 몰락을 가져왔다는 책임론 또한 틀리지 않는 말이다. 하지만 그들에게도 나라를 위해 열심히 일하던 시절이 있었을 텐데, 그 모든 시간조차 모조리 부인당하는 것을 보면 솔직히 안타깝다. 누군가는 분명히 책임을 져야 하는 사태였지만 박근혜 전 대통령까지 구속되는 걸 지켜보면서 나는 오랜 시간 회한에 시달려야만 했다. 과거의 영화가 안타까워 그런 것이 아니라 정치적 속성을 알면서도 국가를 위해 자신의 이념과 신념을 버리지 못하는 사람들에 대한 미안함과 무기력함 때문이었다. 광장에 나가 태극기 몇 번 흔들어댄다고 세상이 또다시 바뀔 리 없겠지만 그렇게라도 내 신념이 변치 않았다는 것을 보여주고 싶었다.

우리나라 사람은 무슨 일이든 이분법적으로 생각하는 경우가 많다. 모 아니면 도라고, 꼴통보수가 아니라고 대답하면 분명 진보라고 단정 짓는다. 중간은 없고 이것 아니면 저것이라 판단하고 규정지어 말할 때는 수를 잘 두어야 한다. 오래된 색깔 논쟁 역시 한번 잘 못 꺼내면 말도 안 되는 이념 논리에 매몰되어 당장에 편이 갈린다. 내게 그런 말을 물어올 적마다 나는 벽에 걸린 사진을 가리키면서 당당하게 말한다.

"그래, 나는 대한민국당이다! 예전에도 그랬지만 앞으로도 쭉 나는 국가를 위해서 일하지 누구를 위해서 일하는 것은 아니다. 좋을 때는 인연이고 나쁠 때는 악연이라고 말한다면 누가 한 시절의 동지라고 할 수 있겠는가. 신념은 변할 수도 있지만 한번 맺은 인연을 내치기는 어려운 법이다. 설령 나와 반대편에 서 있을지라도 함께 했던 시간마저 부인하고 외면할 수는 없는 법이다."

나와 생각이 다르다고 그를 적으로 생각하거나 배척한다면 어떤 누구와도 함께 살 수 없다. 나는 크고 작은 조직을 운영해 본 사람이다. 그 조직이 어떤 조직이었든 간에 같은 목적을 가지고 모인 사람들이 오래도록 무탈하게 함께할 수 있는 방법은 조직을 이끌어가는 운영자의 덕과 리더십이라고 생각한다. 운영자가 조직원들을 의심하기 시작하면 조직의 와해는 순식간이다. 리더의 굳건한 신념과 조직을 다스릴 수 있는 이념이 부족하기 때문이다. 조직원 한 명 한 명의 생각을 하나로 모으고 가치를 만들어나가는 것이 이념이고 그 이념이 신념으로 자리 잡은 조직은 쉽게 무너지지 않을뿐더러 무너지더라도 다시 일어설 수 있는 힘이 충분하다고 생각한다.

지극히 개인적인 생각이지만 정권이 바뀔 때마다 느끼는 것은 사람이 얼마나 소중한 것인지 깨닫는 것이다. 이런 잔소리를 늘어놓는 것을 보면 내게는 아직 소중한 인연들이 많아서 일 것이

신은 내게 사랑과 봉사라는 벌을 주었다

신용식 대한장애인올림픽위원 선임

충북 유일… 2015년 전국장애인체육대회 성공개최 견인 기대

신용식 한국신체장애인복지회 중앙회장(61·사진)이 충북에서 처음으로 대한장애인올림픽위원회(KPC) 위원으로 선임됐다.

대한장애인올림픽위원회(위원장 윤석용)는 지난 10일 회의를 열고 신 회장을 공석중인 5명의 위원중 한명으로 임명했다.

이에 따라 신 위원은 앞으로 4년 동안 한국장애인스포츠의 위상 강화와 함께 2015년 전국장애인체육대회, 2018년 평창 동계장애인올림픽 성공개최에 큰 역할을 할 것으로 기대를 모으고 있다.

신 위원은 지난 2009년 제14대 한국신체장애인복지회 중앙회장으로 당선됐으며, 한국장애인펜싱협회장등을 역임하면서 장애인단체의 통합과 장애인 스포츠 활성화에 기여하고 있다.

신 위원은 "충북에서 처음으로 대한장애인올림픽위원으로 임명된데 대해 미력이나마 장애인 스포츠의 활성화를 위해 노력할 수 있게 돼 기쁘게 생각한다"면서 "앞으로 장애인 스포츠 뿐만 아니라 480만 장애인들의 통합과 발전을 위해 노력하겠다"고 말했다.

/안태희기자

충청타임즈 2013년 8월 12일 월요일 신문기사
'신용식 대한장애인올림픽위원 선임'

고, 국가를 위해 일했다는 자부심과 신념 또한 변치 않았음을 당당하게 말할 수 있기 때문이다. 정권이 수십 번 바뀌고 세상이 아무리 변해도 내가 살아온 시간은 변할 수가 없다. 그 시간은 진보와 보수라는 이념을 떠나 좋은 나라를 만들겠다는 국가관이 먼저였고, 그때나 지금이나 내 신념과 가치는 변하지 않았기 때문이다.

자랑스러운 충청인 대상

작년에 나는 자랑스러운 충청인 상을 받았다. 살면서 한 번도 기대하지 않았던 상을 받아서 그런지 처음으로 나라는 인간이 조금은 기특하게 여겨졌다. 공부를 잘해서 우등상 받는 친구들은 나와 다른 인종이라 생각했고 그 흔한 개근상조차 한 번도 받은 적이 없어 내 인생에 상 받을 일은 결코 없을 거라 생각했다.

예전과 전혀 다른 삶을 살고는 있지만 그것이 누구한테 칭찬을 받거나 보여주기 위함이 아니고 나 스스로에 대한 약속과 반

신은 내게 사랑과 봉사라는 벌을 주었다

성의 차원이라 상 받을 일은 아니라고 생각했다. 뭔가를 기대하거나 바라고 하는 일이라면 힘들고 어려워 진즉에 그만뒀을 것이다. 내 한 몸 챙기며 살기 힘든 마당에 무슨 장애인을 생각하고 지역민들을 위해서 일할 수 있겠는가.

사방에서 나를 의혹의 눈초리로 감시하고 있어 솔직히 다른 생각할 여유도 없었다. 나를 이기지 않고는 내 몸도 지킬 수 없고 신과의 약속도 지킬 수 없었기에 나는 살기 위해서 사랑과 봉사라는 신념을 잡을 수밖에 없었다. 그래서 남보다 더 열심히 장애인들의 아픔과 불편함을 보듬고자 노력했다. 장애인 중앙회장을 두 번 역임한 뒤 충북지역 회장을 맡으면서 다른 지역보다 장애인 복지가 크게 향상되었다는 사실을 인정받은 것이다.

재임 중 가장 잘한 일은 '사랑의끈연결운동'과 '장애학생 및 사회소외계층 학생 장학금 전달'"장애인 정책연구소'를 설립하여 장애인을 위한 복지와 정책을 꾸준히 펼쳐나간 일이다.

정부정책도 중요하지만 장애인들 스스로 자립할 수 있는 실천복지를 만들어나가고 이를 비장애인들과 함께했을 때 정책의 효과는 배가 된다. 손을 내밀어 받는 도움이 아니라 함께 하는 사랑의 손길이 많아질 때 우리사회가 성숙해진다는 사실을 장애인운동을 통해서 많이 배웠는데, 상까지 준다고 해서 처음에는 믿지 않았다. 나 같은 사람한테 상을 주다니! 설마 해서 몇 번을 물었다.

충청 향우회 중앙회 정기총회 및 신년교례회가 열리는 여의도 63빌딩에서 시상식이 열린다는 통보를 받고는 맨 먼저 아내한테 수상 소식을 전했더니 아내가 큰 소리로 웃으면서 말했다.

"여보, 그렇게 좋으세요?"

"그럼, 처음 받는 상이잖아."

한 번도 상 받는 주인공이 나일 거라는 생각은 해 본 적 없었다. 언제나 단상에 올라가 상 받은 친구들을 삐딱한 시선으로 바라볼 뿐 나하고는 상관없는 일이라고 생각했다. 교장의 훈화도 잔소리로 들었고, 너도 열심히 하면 상 받을 수 있다는 부모님 말씀도 제대로 귀담아듣지 않았다. 학교생활은 늘 중심이 아닌 주변인으로 맴도느라 내가 어떤 과목을 잘하는지 무엇에 소질이 있는지도 알지 못했다. 나에 대해 조금만 더 집중했더라면 나라는 인간도 꽤 근사한 인간이라는 사실을 알지 못했던 것이다.

어른이 되어 사회에 뛰어들었을 때도 마찬가지였다. 세상의 미혹과 나의 현실을 구분하지 못해 실수하고 실패한 인생을 살다 보니 나의 진정한 가치를 뒤늦게 깨달았다. 늦긴 했지만 그래도 죽기 전에 큰 상을 받았으니 유종의 미를 확실하게 거둔 것 같아 가슴이 뛰었다.

상 받으러 가기 전날 밤 나는 쉽게 잠들지 못했다. 소풍 가는 아이처럼 마음이 부풀어서 밤새 뒤척거렸다. 수상 소감은 뭐라 말할까? 무슨 색 옷을 입지? 사람들이 상 받는 내 모습을 보고 어떤 반응을 보일까? 등 별별 즐거운 걱정들이 끊임없이 이어졌다. 아내는 결국 내 그런 모습에 또 웃음이 터지고 말았다.

"여보, 상금도 없는 봉사 상 타면서 뭘 그리 좋아해요. 그동안 상 받고 싶어서 어떻게 참았대요."

내 딴엔 아내 눈치를 보느라 조심했는데, 유치한 모습을 들키고 나니 멋쩍었다.

"상 때문에 그런 거 아니야 불면증 때문에 그런 거지."

"당신 그동안 참 잘했어요! 그 힘든 일들 겪으면서도 결국 해낸 걸 보면 당신 참 대단한 사람이에요."

아내의 말에 순간 목구멍이 뜨거워졌다. '참 잘했어요!'는 선생님께 가장 듣고 싶었던 말이었다. 아내의 그 한마디는 거칠게 살아온 내 인생을 위로하고 보상하는 최고의 찬사였다. 그렇게 설레는 밤을 보내고 이튿날 상을 받으러 서울로 출발했다. 청주에서 63빌딩까지는 두 시간 남짓 되는 거리였지만 나는 준비한 수상 소감을 되뇌느라 시간 가는 줄 몰랐다.

나는 많은 사람 앞에서 다시 한번 나의 소명을 다짐했다. 장애인의 복지와 발전을 위해서 더 열심히 사랑과 봉사를 실천하겠노라고 말이다.

장애인의 인권문제

　모 장애인학교에서 사회복무요원이 장애학생을 폭행했다는 뉴스가 나왔다. 자료 영상을 통해 폭행 장면을 보자니 내가 맞는 듯 아프고 굴욕스러웠다. 아이는 사회복무요원의 무자비한 폭행에도 아무 저항하지 못했는데, 상습적인 구타가 지속되었다는 인상을 지울 수가 없었다.

　문제는 이런 폭행 사건이 다른 장애인학교뿐만 아니라 사회 구석구석에서 지속적으로 일어나고 있다는 사실이다. 부모와 친

　　　　　　　　신은 내게 사랑과 봉사라는 벌을 주었다

구 사회로부터 폭력을 당하고 인권을 짓밟혀도 어떤 조치를 취하거나 물리적인 행사조차 할 수 없는 장애인들의 처지를 대할 때마다 한없는 비애를 느낀다. 장애인 인권법이 전보다 강화되기는 했지만 법의 테두리 밖에서 교묘하게 자행되는 장애인 폭력은 성숙하지 못한 우리 사회의 민낯을 그대로 보여준다. 솔직히 영상 속 폭력 장면을 보면서 다리만 멀쩡하다면 당장 달려가서 똑같이 패주고 싶었다. 나 역시 폭력을 경험한 장애인이라 그들의 처지를 누구보다 잘 알기 때문이다.

장애인정책과 복지 문제에 매달리는 이유도 인권의 사각지대에 살고 있는 장애인들을 보호하기 위함이다. 법이 있는데 법을 몰라서 당하거나 복지정책이 있는데 혜택을 받지 못하는 장애인들이 많은 것은 우리 사회의 불친절이 만든 또 하나의 폭력이라고 할 수 있다. 따라서 장애인들 스스로가 자신의 권리를 당당하게 주장할 수 있도록 돕는 것 또한 내가 해야 할 일이라고 생각한다.

장애인 권리 선언
障碍人 權利 宣言

인권과 기본적 자유, 평화에 관한 원칙, 인간의 존엄성과 가치에 관한 원칙, 사회 정의에 관한 원칙 등에 대한 신념이 담긴 국제 연합 헌장과 「세계 인권 선언」의 정신에 입각하여 심신 장애인의 권리. 즉, 다양한 활동 분야에서 최대한 자신의 능력을 개발할 수 있도록 도와주고, 가능한 한 정상적인 생활 속에서 자신의 이상을 실현할 수 있도록 촉진해야 한다는 취지를 담고 있는 선언으로서, 1975년 12월 9일 국제 연합 총회에서 만장일치로 채택되었다.

1. '장애인'이라는 개념은 선천적으로나 후천적으로나 신체적 능력이나 정신적 능력에 결함이 발생함으로써, 자신 스스로 개인생활이나 사회생활을 정상적으로 영위할 수 있는 필요 조건을 전혀 갖출 수 없거나 부분적으로 갖출 수밖에 없는 모든 사람을 의미한다.

2. 모든 장애인은 이 선언에 명시된 모든 권리를 누려야 한다. 이러한 권리는 인종, 피부색, 성별, 언어, 종교, 정치적 입장 이나 여타의 견해, 국적이나 사회적 신분, 빈부, 출생, 장애 인이나 그 가족이 처한 상황 등에 따라 어떤 차별도 받지 않 고 예외 없이 모든 장애인에게 인정되어야 한다.

3. 모든 장애인에게는 인간으로서 존엄성을 존중받아야 할 천 부적 권리가 있다. 모든 장애인에게는 장애의 원인과 특징과 정도에 관계없이 동일한 연령의 일반 시민과 마찬가지로 기 본적 권리, 즉 무엇보다도 먼저 품위 있는 생활을 정상적으 로 최대한 누릴 수 있는 권리가 있다.

4. 모든 장애인에게는 다른 사람과 마찬가지로 시민적 권리와

신은 내게 사랑과 봉사라는 벌을 주었다

정치적 권리가 있다. 하지만「정신지체인 권리 선언」7조에는 정신 장애인에게 그러한 권리를 제한하거나 억제할 수 있다는 조항이 존재한다.

5. 모든 장애인에게는 최대한 자립을 돕기 위해 마련된 모든 수단을 이용할 권리가 있다.

6. 모든 장애인에게는 보장구를 포함하여 의료와 심리 치료와 기능 치료를 받을 뿐만 아니라, 의료 재활과 사회 재활, 교육, 직업 훈련과 재활, 개호, 상담, 취업 알선, 장애인의 능력과 기술을 최대한 향상시켜서 그들의 사회 통합이나 재통합 과정을 촉진하는 다양한 서비스 등을 받을 수 있는 권리가 있다.

7. 모든 장애인에게는 경제 · 사회적 생활 보장과 품위 있는 생활수준을 누릴 수 있는 권리가 있다. 모든 장애인에게는 각자 능력에 따라 고용을 보장받거나 유익하고 생산적이고 보수가 보장되는 직종에 종사하면서 노동조합에 가입할 수 있는 권리가 있다.

8. 모든 장애인에게는 경제 · 사회적 계획 수립의 모든 단계에서 자신의 특수한 필요조건이 반영되도록 요구할 수 있는 권리가 있다.

9. 모든 장애인에게는 가족이나 수양부모와 함께 살면서 사회

활동과 생산 활동이나 오락 활동에 참여할 수 있는 권리가 있다. 주거에 관한 한 모든 장애인은 건강 상태나 건강 개선을 위해 불가피한 경우를 제외하고 어떤 차별 대우도 받아서는 안 된다. 장애인이 불가피하게 특수 시설에 수용되는 경우, 그 곳의 환경과 생활 조건은 가능한 한 그와 연령이 똑같은 일반인이 정상적으로 누리는 생활 조건과 유사해야 한다.

10. 모든 장애인은 모든 형태의 착취, 모든 형태의 규제, 차별적이고 모욕적이고 천박한 성격을 띠는 모든 처우로부터 보호되어야 한다.

11. 모든 장애인이 자신의 인격과 재산을 보호하기 위해 법률 지원이 필요한 경우, 그러한 지원을 적절하게 제공받을 수 있어야 한다. 장애인에 대한 사법 소송이 제기된 경우, 그들의 심신 상태를 충분히 고려하여 법적 절차가 적용되어야 한다.

12. 모든 장애인 단체는 장애인의 권리에 관한 모든 사안에 대해 유익한 조언을 제공할 수 있다.

13. 모든 장애인과 그 가족과 사회는 모든 적절한 방법을 통해 이 선언에 포함된 권리에 대해 충분히 파악하고 있어야 한다.

장애인 권리 헌장
障碍人 權利 憲章

1998년 12월 9일 대한민국 국회에서 채택된 대한민국 장애인 인권선언이다.

장애인들은 사회의 여러 가지 편견과 차별대우, 장애인에 대한 법적 보호의 미흡 등 그 열악한 조건을 이겨내고 모든 사람과 마찬가지로 "존엄한 인간"임을 확인하기 위하여, 1975년 10월 9일에 국제연합 총회에서 채택된 장애인 권리 선언을 근거로, 1998년 12월 9일 대한민국의 특수성을 감안하여 국회에 의하여 헌장으로 채택되고 전국민과 국가에 의하여 존중되기를 열망하면서 장애인 인권 헌장을 선포하였다.

1. 장애인은 모든 인간이 누리는 기본인권을 당연히 누려야 하며 그 인격의 존엄성은 충분히 존중되어야 한다. 장애인이라는 이유로 같은 시대의 같은 사회의 다른 사람이 누리는 권리, 명예, 특전이 거부되거나 제한되어서는 아니 된다.

2. 장애인에게는 다른 모든 사람과 마찬가지로 가능한 한 정상적이고 원만하게 인간다운 삶을 영위할 수 있도록 모든 기회와 편의가 제공되어야 한다.

3. 장애인은 다른 사람과 동일한 정치적 권리를 가지며 사회가 제공하는 모든 기회와 편의를 이용할 수 있다.

4. 국가는 장애인이 혼자 힘으로 행동하고 생활할 수 있도록 조치를 취할 의무가 있으며 모든 장애인은 그것을 요구하고 이용할 권리가 있다.

5. 장애인은 자신이 가진 능력을 최대한으로 개발하고 가능한 한 빨리 그리고 쉽게 사회에 적응할 수 있도록 하기 위하여 필요한 각종 보조기구, 모든 의료혜택, 의학적 및 사회적 재활교육, 직업훈련 및 직업알선, 상담 등 각종 사회 서비스를 받을 수 있어야 한다.

6. 장애인은 인간다운 생활과 사회활동의 안정을 보장받기 위하여 자신의 능력에 따라 직업을 선택하여 생산적인 경제활동을 할 수 있고 응당한 보수를 받을 권리가 있으며, 노동조합에 가입할 권리가 있다.

7. 국가가 수립하고 시행하는 사회, 경제, 교육, 문화 등 제반 분야의 정책과 교통, 교육, 문화 등 각종 시설에 장애인들이 가지고 있는 특수한 필요와 상황이 반드시 감안되어야 한다.

8. 장애인은 가족과 동거할 권리가 있으며 사회의 각종 활동에 차별대우를 받지 않고 참여할 권리가 있다. 장애인의 이익을 위한 경우 이외에는 주거환경에 있어서 차별대우를 받아서는 아니 되며, 장애인의 이익을 위하여 필요하다고 인정되는 별도의 주거지역은 같은 연령의 다른 사람들이 정상적인 생활을 하는 곳에 가능한 한 가까워야 한다.

신은 내게 사랑과 봉사라는 벌을 주었다

9. 장애인은 모든 종류의 착취로부터 보호를 받아야 하며, 어떤 종류건 어떠한 명목이든 차별대우나 천대를 받아서는 아니 되며, 누구를 막론하고 장애인 복지를 방지하여 개인적 부를 축적하여서는 아니 된다.

10. 혼자 힘으로 의사결정을 할 수 없는 장애인이나 그 가족들의 인간다운 삶을 보장하기 위하여 국가는 그에 알맞은 특별한 정책 배려를 하여야 한다.

11. 장애인은 자신의 권익을 보호받기 위하여 필요한 경우에는 상당한 법률적 도움을 받을 수 있어야 한다. 만약 장애인들이 법적인 제재를 받아야 하는 경우에도 그들의 육체적, 정신적 특수 조건이 충분히 고려되어야 한다.

12. 장애인의 권리와 복지에 관한 모든 시책이 제정되고 시행되는 경우 장애인들의 의사가 충분히 반영되어야 하며, 장애인들이 자발적으로 참여하는 조직체의 자문을 받아야 한다.

13. 모든 교육기관과 언론매체들은 장애인에 대하여 가지고 있는 우리 사회의 오해와 편견을 제거하는데 앞장서야 하며, 장애인에 대한 부정적인 표현을 삼가하여야 한다.

14. 장애인과 그 가족 그리고 장애인 단체들은 이 선언에 포함된 모든 권리에 대하여 충분한 정보를 얻을 수 있어야 한다.

아름다운 죽음

텔레비전만 켜면 온통 먹는 방송이다. 방송사들이 경쟁이라도 하듯 전국의 소문난 맛집은 다 소개한다. 먹어본 음식보다 안 먹어본 음식이 더 많고 그 양도 지나칠 정도로 많다. 잘 먹고 잘 살자는 것이 삶의 화두가 되면서 웰빙이 방송의 단골소재가 되었다.

한편으론 웰빙이라는 말도 여유가 있는 사람들한테나 해당되는 이야기 같아서 불편할 때도 있다. 나 같은 장애인이 보기에 건강한 비장애인만 설쳐대는 프로만 계속 나온다면 마음이 어떡하겠는가. 먹고 싶어도 돈이 없거나 몸이 아파서 먹을 수 없는 사람의 경우에는 화려하고 푸짐한 맛집 음식에 위화감을 느낄 수밖에 없다. 물론 방송이 가지고 있는 특성과 성격을 고려한다면 세상 어디에도 모든 시청자를 위한 방송은 없을 것이다. 음식 방송 마니아가 있는 반면 다큐멘터리만 보는 사람도 있을 것이다. 하지만 누구를 위한 방송이든지 간에 웰빙이 이토록 대중적인 관심을 받으며 맛집이 텔레비전을 장악한 것은 그리 바람직하다는 생각은 들지 않는다.

웰빙이 건강하게 살아가기 위한 생활의 지침 같은 것이라면 삶을 아름답게 마무리하는 웰다잉도 그 못지않게 중요하다. 굳이 유행어 같은 말들을 만들어내지 않더라도 죽음은 예전부터 삶보다 더 중요한 덕목으로 여겼다. '호랑이는 죽어 가죽을 남기고 사람은 죽어 이름을 남긴다'고 하지만 그것도 옛말이다. 누가 요즘 세상에 이름 석 자를 잘 남기기 위해서 잘 살려고 하겠는가. 불치병에 걸려 죽음을 선고받은 경우라면 다르지만 하루하루 살기도 바쁜데 죽음까지 준비한다는 것은 어려운 일이다. 시대가 만들어내는 유행어는 결국 그 어려운 일을 준비해야만 우리 사회가 성숙해지기 때문에 많은 사람들에게 회자되는 것이다.

그렇다면 어떻게 죽어야 멋있게 또는 이름을 남기고 죽을 수 있는지 고민해 봐야 한다.

한때 나는 아무도 모르게 깊은 산속으로 들어가 혼자 조용히 살다가 죽으려고 했다. 조용필의 《킬리만자로의 표범》처럼 그렇게 마무리를 할 생각이었다.

나는 하이에나가 아니라 표범이고 싶다
산정높이 올라가 굶어서 얼어 죽는 눈 덮인 킬리만자로
의 그 표범이고 싶다.
...
묻지 마라 왜냐고 왜 그렇게 높은 곳까지
오르려 애쓰는지 묻지를 마라 고독한 남자의 불타는 영
혼을
아는 이 없으면 또 어떠리.

아무리 깊은 밤일지라도 한 가닥 불빛으로 나는 남으리
메마르고 타버린 땅일지라도 한줄기 맑은 물소리로 나
는 남으리
거센 폭풍우 초목을 휩쓸어도 꺾이지 않는 한 그루 나무
되리
내가 지금 이 세상을 살고 있는 것을 21세기가 간절히 나
를 원했기 때문이야.

　　　　　　　　　　신은 내게 사랑과 봉사라는 벌을 주었다

구름인가 눈인가 저 높은 곳 킬리만자로

오늘도 나는 가리 배낭을 메고 산에서 만나는 고독과 악

수하며 그대로 산이 된들 또 어떠리.

　

　이토록 우리 인생을 절절하게 표현한 사람은 아마 조용필밖에 없을 것이다. 이 노래를 듣고 있으면 폭풍우 같았던 내 인생이 주마등처럼 떠오르면서 부끄러움과 연민, 회한이 몰려온다. 그래서 킬리만자로의 표범처럼 고독과 악수하는 깊은 산으로 들어가 죽음을 맞으려고 했다. 그런데, 아직은 내가 쓸모가 있는 듯 신이 내게 할 일을 주셨다. 장애인에 대한 봉사가 흡족하게 마무리되고, 더 이상 신을 핑계 삼을 수 없으면 또다시 킬리만자로의 표범을 떠올릴지도 모르겠다. 한 치 앞을 내다볼 수 없는 현실에서 잘 살고 잘 죽는 것처럼 어려운 일도 없기 때문이다.

　내 작은 소망은 죽는 순간까지 장애인들을 위해서 살다 가는 것이다. 시작은 미약하고 험난했지만 그 끝은 제대로 마무리하고 싶다. 장애인운동을 하는 동안 간과 쓸개를 잃고 간암까지 걸렸지만 그래도 신이 주신 소명을 저버릴 수는 없다. 나 같은 놈을 여러 차례 살려준 까닭은 분명 나보다 더 낮고 약한 이들을 위해 봉사하라는 뜻이고 그래야만 나도 살 수 있다는 신의 경고다. 그래서 나는 지금도 행복한 벌을 받고 있는 중이다.

나의 소중한
인연들

살면서 속 깊은 마음을 나눌

친구가 있다는 것은 참 행복한 일이다.

아내한테 할 수 없는 얘기도 친구한테는 할 수가 있고,

자식한테 할 수 없는 얘기도

친구한테는 맘 편히 할 수 있기 때문이다.

살면서 좋은 인연 하나 만나는 일은 신의 축복일 것이다.

나쁜 인연 열 중 좋은 인연 하나만 있어도

그 인생은 성공한 인생이라고 했으니,

나도 실패한 인생은 아니라는 생각이다.

"좋은 인연을 만나는 일은 신의 축복"

신은 내게 사랑과 봉사라는 벌을 주었다

내 인생의 마지막
선물

아내는 내 인생의 마지막 친구이고

연인이자 스승 같은 사람이다.

그녀는 너절하고 보잘것없는 내 인생의 막을 내리려던 어느 순간

신의 마지막 선물인 양 내게 와주었다.

아내를 통해 진정한 사랑이 무엇인지 깨닫고 살라는

깊은 뜻임을 나는 알고 있다.

꽃 한 송이, 풀 한 포기에까지 진정을 다하는 아내에게

비로소 멋쩍은 사랑 고백을 보낸다.

신은 내게 사랑과 봉사라는 벌을 주었다

"좋은 친구요, 삶의 동반자 나의 아내"

신은 내게 사랑과 봉사라는 벌을 주었다

1판 1쇄 인쇄 2019년 2월 15일
1판 1쇄 발행 2019년 2월 22일

지은이 신용식

펴낸이 정용철
편집인 이경희 김보현
마케팅 김창현
디자인 ⓒ단팥빵
제 작 금강인쇄주식회사

펴낸곳 도서출판 북산
출판등록 2010년 2월 24일 제2013-000122호
주 소 서울시 강남구 역삼로 67길 20, 201호
전 화 02-2267-7695
팩 스 02-558-7695
홈페이지 www.glmachum.co.kr
이메일 glmachum@hanmail.net

ISBN 979-11-85769-19-6 03810